稽發根短篇小說選

稽發根——著

自序

一九九八年出版中短篇小說自選集《斷層》，就一個中篇《無奈人生》，餘均短篇。二〇〇七年又將九〇年代後期寫的，陸續發表於二〇〇〇年至二〇〇五年四個中篇結集出版，書名《月河殤》，受點好評，有點小影響。自一九九八年至二〇〇三年，五年中連續發表的幾十個短篇和小小說，一直擱置著。好心人包括省內許多老文學朋友都勸我，再出個自選集，趕緊申報個中國作協會員吧。我已無此心了。人步入老年，雖則六十六七是老人隊伍中的「小弟」，但畢竟已歸屬老年人了。再說，已號稱研究員，省作協會員也算是個作家吧，往高裡評得求人要表格，求推薦，挺麻煩的。況且《湖州市誌》編務正忙著。便擱下了。

《湖州市誌》，已令我二度擱下小說創作。第一次是一九九一年至一九九五年，趕上一輪修《湖州市誌》，是副主編。五年中未曾創作。待一九九六年初重新拾起，較長時間裡很不適應。第二次是二〇〇三年至今。儘管到二〇〇三年，我的小說創作似已入途，發了不少篇什。然此次是擔任《湖州市誌》主編，不說擔子重，只說應不辜負專業與本職，也得令小說靠靠邊。雖則十分可惜，也是沒有辦法的事。文學朋友見了我，無不替我惋惜，我只能付之以一笑。

這次，朋友為我尋著個出版機會，覺著不可放棄，機不可失，時不再來。便抓緊整理奉上。當然並非為評個「國家」會員（此早已絕念），而是一為敝帚自珍——自我欣賞；二為推薦自己——讓人欣賞。

在這個集子裡，共收入短篇小說三十個，另附評論兩則。集中〈生死界〉、〈芳園三醉〉、〈捉姦〉、〈殺屠〉、〈附身〉五個短篇，都寫煤礦生活，我曾在那兒工作過二十二個春秋，至今夢繞魂牽的。餘均大社會題材。所寫，自然多半底層人生活。即使涉及官場、機關，筆下活躍的也都是小人物。其中，我自己最喜歡的是〈生死界〉、〈花鳳橋誌異〉、〈你不可以做官〉、〈瞄準凍瘡〉、〈割痔記〉等。〈你不可以做官〉、〈瞄準凍瘡〉兩個曾在《中國西部文學》同時推出。〈你不可以做官〉被評論為「是個好小說，折射一種官場心態——想當官而不得」。〈生死界〉寫的是地面的情敵，到了煤礦井下，一旦在生命危急關頭也會伸出援手，這正是煤礦工人人格的最偉大處。〈花鳳橋誌異〉是寫一個地方誌工作者對待舊方誌某些文過飾非的記載的反思和求證。〈割痔記〉在幽默詼諧的嬉笑聲中鞭撻丑類。有人說，小說中總有作者自己的影子。這話也許不錯。當然不同的人看同一小說，體會不盡一樣，所謂「智者見智，仁者見仁」是也。我不是自詡我的作品怎麼樣，而是真心希望讀者能夠喜歡。

在編次、出版這個集子中，趙財富、李全給予了大力幫助，在此表示衷心感謝。

最後一個要說的問題是：小說要不要再做下去？曾經有打消的念頭。朋友中有支持有反對。前番，文聯的楊靜龍建議我別放棄。正猶豫不決著，編次了這個集子。在重新挑選和審視這些舊作的過程中，我決定了繼續把小說做下去。當然還是過去一貫的思路——

我筆天遺寫小民，猶言塵事說階層；
人生漫道辛酸味，長短是非任說評。

再加一層意思——

立世雖無揮劍膽，毫頭方寸有千軍。
松幹竹節沖天直，不向崖頭矮半分。

苕邊歸客　嵇發根　壬辰年秋日

目次

人事

在下選「人事」作題，不僅僅因為看過《西遊記》，末了那阿儺、伽葉向唐僧玄奘要人事，說：「聖僧東土到此，有些甚麼人事送我們？快拿出來，好傳經與你去。」西方極樂世界尚且興「人事」，何況凡世人間！在下選「人事」作題，還因為一不小心捲入連鎖出現的瑣碎而無法排解的「人事」中了。

●

事情一開始發生在在下單位裡新來的老笪身上。老笪從北地調來雖只年把時間，與在下卻已是無話不說肝膽相照的赤膊知己了。要不，像在下這般可算老練通達之人，豈會為他辦事而捲入人事之網的！

老笪五十掛零。正宗老三屆裡的大哥，發配邊地，在冰天雪地裡熬過二十多個年頭，好不容易才拉家帶口回到故里。這老笪屬文曲星，在那裡是一方才子，卻絲毫不會風流，只會吞吐書文。這就正著，來在下單位最合適不過，所以單位領導十分地歡迎。

看官不知在下的單位是個啥單位吧？看看屋裡四壁一櫥一櫥的線裝書，便可猜出八九分來。眼下市場活躍，全民經商，上班找資訊，下班做買賣，官倒民倒，見錢眼開，不亦樂乎。唯有這個不得一志不識時務的市誌辦，冷冷清清，死水一潭，盡幹些鑽故紙堆、爬格子、做學問的傻事。老笪整日不哼不哈，長條個弓在案邊，是做這些傻事最認真的一個，因此成果累累，也更加乾瘦弓背。笪夫人來單位哭訴，說老笪不愛惜身子即不愛單位不愛家不愛老婆！單位領導就找老笪談話，吩咐悠著點。老笪只是嘿嘿笑，事後依然故我，當然老笪畢竟是才子，亦頗能詼諧，遇到難得的閒散工夫譬如政治學習或參加上級主管部門會議開始前，也會乘機逗兩句笑話，諸如你的屁像轉了九個彎，佛靠金裝人靠脫光、人生識字糊塗始萬般下品唯讀書高之類調侃，往往令同室捧腹。

春去夏來，自然界萬物進入旺季。老笪卻忽似換了一個人。

這天早上，老笪上班一落座便喚在下賤名：施文！又不言語，只是長歎了一口氣。在下坐在他背後，望著他細長的蝦背暗忖：多時未曾這樣，一定碰著啥煩難事了。

老笪剛調來時節，亦如此歎過氣。在下天生一副俠骨心腸，好管閒事，便問有何難事。老笪轉過身看著在下，好一陣才囁嚅說，施文，派出所戶籍小民警想是欺生，一會說少這一會說少那，連跑三天還是辦不好。在下說這有何難呀，小事一樁，幫你辦便是。畢竟在這個城市土生土長人頭熟，老笪的戶口遷移和其他調動手續，在下輕車熟駕地辦妥了。老笪感動之極，捧一條煙相謝。在下說老笪，你這是做啥當我啥人了！這煙你放好，下次或許有用，不然就不是朋友了。老笪不好意思地放好煙，連連作輯打躬，千恩萬謝，從此，他視在下為忘年交。

老笪又是重重一聲長歎。歎得人心裡發毛極難受。在下說老笪，你的事便是我的事，說出來別唉聲歎氣好不好，老笪這才開口，說小女完了。在下心裡咯噔，大吃一驚問，貴千金怎麼啦？他說小女考完了。在下不由地笑說，考完了就考完了歎啥氣呀！老笪愁容滿面，又歎了一會氣說，怪我只顧忙自己的事，平日裡對小女讀書少照應，這次考砸了連中技線都沒有到。在下終於明白是怎麼一回事，他女兒考差了升不了學校，做爺老子的哪有不擔心的！看他的樣子，已急得無計可施。作為朋友，在下理應兩肋插刀，全力相幫的。於是便先好言寬慰於他，說老笪你別無緣無故自我批評，勝敗本兵家常事，貴千金初來乍到還未適應，考不好也情有可原。老笪說施文，話是可以這麼說但考不上學校怎麼辦？十六歲花季離得開陽光雨露嗎？在下深表同感，說是離不開陽光雨露，否則花未開放就會敗會蔫會……見老笪面色更加憂鬱，立即打住話頭，換言說你也別急，在下可以想想辦法的，比如鑽鑽門路讀自費什麼的。老笪聽罷似寬慰許多，同時異常感激，說如今隨便啥都有價鈿，進校上學也有議價，這是去讀書又不是賣兒賣女這世界怎麼啦，可小女唯有這一條路了。

老笪認可了，就開始努力，儘快付之於行動。在下對老笪說，這事頭一關是我們頭。老笪說不錯，辦事要時間，我這就給你請假去。在下說不忙老笪，請假得我自己去請，為你的事替我請假，你怎麼說？老笪一聽就不響了。我跑進主任、主編室，二位領導都在，說明了緣由，二位領導對手下愛將老笪均十分同情。主任說，老笪的事我們市誌辦都要關心，你能親自出馬很好麼。主編說，施文你何言請假二字，此事辦成，讓老笪安心弄誌你功德無量。討到了尚方寶劍，老笪自然十分高興。

先必須確定學校。老笪說，小女智商一般，先天不足，讀技校學門專業技術吧。在下說，老笪你千金有聰慧相這目標太低，不過先低後高也可以，弄妥了留條後路預備著也好的。對於弄技校在下很樂觀，在下一個表弟在輕紡技校當校長。但後來的事實說明在下太自負。

輕紡技校在東城區苕河畔。河對岸龍山有黃牆碧瓦的慈雲寺隱約於深深的綠叢之中。青山綠水，書聲朗朗，在下一到那裡便深愛不已。表弟校長取出香茗沏上，說此正宗「碧螺春」務須先倒水後放茶葉。在下捧過升起嫋嫋清煙的茶杯，嘬一口滿嘴清香，連聲好茶好茶。表弟校長笑容如春，指點對岸說，慈雲寺方丈清一和尚剃髮前所生兒子在鄙校就讀，此生冥頑不化，考試難得有及格，同學雅稱「紅燈照」。在下聽罷心中大為釋然，此等劣生尚可進來，老笪千金當不在話下。便陳述來意，請求收納。表弟校長仍微笑如春，卻避過話鋒依舊說茶，說教委招辦勞動局輕紡局頭頭腦腦都喝這茶，清一和尚每年穀雨前都去四方山寺採集，為弟只是沾光而已。在下只得循聲落錘，說表弟豈是沾光！香茗本高雅之物，品之於學府，方名副其實，那些頭頭腦腦整日價想的如何鑽營迎合上峰，一心一意只為了升官，這高雅之物到了他們手裡算是糟蹋了，怎可與表弟同日而語！在下平素最痛恨溜鬚拍馬，方才一番話出口，自感驚訝無比。回來說與老笪聽，老笪嘖嘖不休，連說施文你有辱斯文。此時話已出口中，覆水難收回了，索性一竿子撐到底，說表弟你身為輕紡技校校長，在這個輕紡業城市中可謂是領先的人物了，區區「碧螺春」何足道哉，你哥我有幾個茶葉道中的熟人，待新茶上市弄些地道的「紫筍」、「白片」、「龍井」之類不成問題。表弟校長客氣地笑說，不不不不，為弟雖亦是工薪族中之人，比起弄地方誌的你還強一些，何勞表弟破費呢。在下忙說哪裡，市誌辦好比一盆清湯，用漏匙也難撈起幾片菜葉來，不過老笪的千金……表弟校長歎一聲打斷在下，說我說過清一和尚茶葉了，表哥果真聰明一世糊塗一時了？經表弟一點撥，在下頓時開竅，忙說有數有數，看來真不虛此行。表弟校長於是尊重地責備，別修誌修得分不清東南西北了，如今商品經濟社會，稍不留神，你就落伍了。最後，表弟校長表示只要能遞文件，小弟這裡不在話下。

從輕紡技校出來，自行車輪子一開始轉得挺輕鬆。邊騎邊想著如何能遞文件這事，心裡便慢慢沉重起來，輪子似跑氣一般轉得吃力。回到市誌辦與老笪合計，老笪就擔憂了，說教委勞動局輕紡局都要打通，這太吃力，施文算了吧。那怎麼行！在下說，仗才開始打怎好收兵，辦這種事得有關雲長過五關斬六將的氣概才行。老笪就說，聽說辦事都要送禮的，老朽稍有點積蓄，需要時你說一聲好了。在下即說，老笪你有點開竅了，正要說這事呢，為千金前程破點財，值！

正說著，來了位老同學，他也是為兒子跑招生。說是剛從市立醫院來，探望過養病的勞動局招生辦苟主任。老同學說，這苟主任是個副局長，看上去堂堂正正像煞個樣子，實際上貪得很，給啥要啥，還繞圈子向你要。在下問他向你要啥了？他說你想都想不到的要書，換了套三室一廳新房裝修好了，書房書架上嫌空，最好精裝書越多越好。媽的擺樣子的！在下心中竊喜，朝老笪呶呶嘴，可惜老笪無動於衷，倒對在下這位老同學的事挺關心，說去新華書店買呀。老同學唉一聲攤攤兩手，說幾百上千買不了幾本吃不消的，想求施老同學捐幾本。在下說，誌書還在出版社印呢，《方誌論壇》之類的你肯定不要，叫老同學失望了真不好意思。

老同學敗興而走。老笪自言自語說《西遊記》裡求取經書送「人事」，現今用書作「人事」，孔老夫子地下有靈也悲哀呀！在下揉揉老笪，說別夫子也悲哀了，苟局長主任假充斯文正好將計就計。於是當機立斷，老笪回家選幾幅不太名貴的字畫，苟局長苟主任假斯文橫豎狗屁不懂不識貨，老笪書法不錯在北方是一方名士字畫有一些，就說：在下請示主任主編，盈出幾套多餘和外地市、縣誌，主任主編自然答應。接著是如何送法了。老笪說從未謀過面，貿然送去豈不唐突！在下也覺不妥。思來想去終於想著一個人，是在下一個中學女同學，在市立醫院當護士長。

當晚，即與老笪備一份綢料、水果、糕點之類禮物登門拜訪。女同學姓齊名芳叫齊芳，說起來畢業前夕也曾跟在下曖昧過，只是長遠不走動疏遠了。摁門鈴，開門。齊芳初一怔，倏忽驚呼施文怎麼是你，快進來！老笪欲脫鞋換拖鞋，被齊芳一拉說別換了進來吧。隨即泡茶、遞煙。於是寒暄。齊芳小在下一歲剛滿四十，看上去還要年輕些，頗耐看的。在下說，齊芳你日子肯定過得不錯越活越年輕，今天找你有事。齊芳說，有事儘管說拎這麼多東西作啥？在下又說，東西是老笪的他求你有事。老笪忙說，為小女升學之事求齊護士長幫幫忙。見齊芳納悶，在下忙說勞動局苟局長苟主任在你們醫院住院，求小芳你明天送一份薄禮如何小芳？齊芳羞澀一笑臉泛紅，嬌嗔地說施文你別汗毛凜凜的叫小芳，你當從前啊，都老太婆了！在下說不老，四十如虎呢怎麼說老了，老笪是我同事是我朋友，這忙你一定得幫。齊芳說衝你才不幫呢，看這位笪先生閱盡人間滄桑的夫子相我幫，但不知怎麼個幫法？在下說很簡單的，就說老笪是你哥哥，姨表姑表都可以，求苟局長苟主任高抬貴手，然後將東西給他說小意思以後再大意思。齊芳說這我說不來。老笪忙說施文說笑呢，就說我的要求，求苟局長苟主任幫個忙，詳情寫在信裡的。

從齊芳家出來，老笪打趣說你倆不一般吧？在下笑說取笑了，要不是她先生捷足先登，要不是我老婆先佔有我，我們說不定是兩口子。老笪有些失望地說廢話一堆。

於是，老笪去準備禮品。在下替他寫信。老笪太夫子氣，信肯定太多學究味，中看不中用。

●

翌日上午八點，我們準時去市立醫院。老笪準備了「十全大補膏」、「人參養胃丸」之類補品裝了一大兜。在下說這你留著自己吃，再去弄兩條「中華」兩瓶「茅臺」。見老笪納悶的樣子，在下又說苟局長苟主任一類人革命小醉天天有的，無非不小心吃壞了肚子，拍馬屁的早就送去你買的「烏龜王八丸」「保齡參」之類，他不缺這些，名牌煙酒反是新鮮了，這叫出其不意，叫他留下深刻的印象懂嗎？老笪微微點頭稱是。到了醫院，齊芳也稱讚在下會辦事。老笪很感慨地說，你辦事我放心噢，小女就有指望了。在下就說，革命尚未成功，同志仍須努力，孫中山孫大總統說的。老笪忙說對對對。

接下來一步就是去苟局長苟主任家。本欲中午去，苟太太一定在的。想不到電話打去她竟然在家，便乘早不趕晚，取了誌書、書畫立即動身。

到了荀家，在下和老笪不敢進門，眼前夠派的！自家老小擠的窩還沒荀家客廳大，那裝潢也是少有的富麗考究。老笪後來說真好比劉姥姥進大觀園，在下隨即附和一點沒錯！荀太太倒客氣，泡茶遞煙的。一邊還說兩位先生面生，我們家老荀打電話來說有兩位朋友要來，就是你們吧？老笪回答是的是的，我們……在下怕老笪說出剛去過醫院令荀夫人難堪，忙說我們也是市級機關的和老荀老相識了，知道老荀儒雅，弄兩套縣誌來填填書架，弄兩幅字畫來補補壁。荀夫人善解人意，說我們老荀不愛錢物就對這些情有獨鍾，我先替老荀謝謝了。在下說荀夫人說謝謝就見外了，一家人不說兩家話，日後可能還有求夫人多幫忙呢。又說了些客氣話，像是很投緣的樣子，便告辭下摟。

待到了樓下，老笪問剛才你怎麼不說局長主任說老荀了？在下笑老笪迂，說都成老朋友了叫官職不生份呀！老笪即自責不經世面少見多怪，說這會兒倒長學問了。

過了兩天，從齊芳處得知，荀局長荀主任有感激之意，說對老笪女兒之事心中有數的，不過最好去接觸一下市教委的郎副主任，還透露書架上放大書那一檔，還差一截正好一套《二十五史》大小位置。

要求最明顯不過了，在下與老笪商量，一套《二十五史》縮印本一千多塊，這好辦再貴也得買來送去。郎主任那裡是難題了。「狼」比「狗」凶，這話在這個城市裡流傳有些時候了。但再凶也得去求，他可是能否調出老笪千金檔案的關鍵。

這郎主任是個人物。三年前還是鄉中學的校長，在鄉里呼風喚雨，把個學校辦得紅紅火火，校舍成為全市樣板。調市教委當副主任分管校企公司，沒想他在鄉里那一招在城裡竟施展不開，不到一年把個尚有微利的公司弄得半死不活。作為教委機關的小錢櫃，人時竟難以應付餐桌上的花消了。郎主任長歎時不濟我，但有辱使命實非初衷。上級畢竟惜才，說英難也有氣短的時候。又讓他管招生，兼招生辦主任，高招、中招都管，權力很是熏人。眼下一年一度的招生工作開始，如同一齣戲的主要角色，臺上臺下都要顯功夫，郎主任就忙得難見人影了。

老笪有些氣餒。在下只有激勵他，說些「世上無難事只怕有心人」之類的真理兼廢話。這對老笪倒管用，說對付阿儺、伽葉之類守著經書吃「人事」之類「有心人」，還真要用點心呢！

用心終於用上了譜。老笪有個高中同窗，正好在郎主任的招生辦供職，好像是經辦人員什麼的，老笪不是太清楚。這簡直太妙了！在下說老笪，我們得馬上找到你那位同窗。

事情出乎意料的順利。老三屆同窗之誼不可低估。老笪的同窗說，反正出錢買分數是雙方情願的事，學校有困難這誰都知道，錄取哪個都一樣為學校創收作貢獻，老同學的忙是要幫的。老笪感動地說些諸如仁兄仗義令人敬仰的心裡話。在下也深有體會地說如今人際聯繫無錢不靈，唯同學之情無價。話說得很知心時，老笪說郎主任那兒還望仁兄引導。同窗說沒問題的，其實外界「狼比狗凶」的傳聞是胡說八道，郎主任對下屬對同僚挺隨和的。

老笪於是又很有信心了，午飯時請在下小酌。在下告訴他輕紡局不必費心了，表弟校長可以說了算的，有話有啥的他幫助遞過去就是了。這就說到了茶葉。老笪早已從在下口中得知龍山慈山寺清一方丈的茶葉真味，於是問要多少？在下算了算說，少了拿不出手，「紫筍」、「龍井」、「白片」各一斤，荀局長表弟校長輕紡局分管頭頭郎主任和你同窗各一份總共十五斤吧。老笪說乾脆二十斤，「紫筍」、「白片」再多兩斤以備應急。在舉杯碰響的時候，在下說老笪又要你破費，這一來兩千塊最少了。老笪一飲而盡，說應該的應該的，小女事是大事麼。

等到五份茶葉送出，荀局長荀主任那兒一大摞《二十五史》也上了架，老笪和在下都透了一口長氣，總覺得萬事大吉可以高枕無憂了。於是，老笪和在下又專心地埋進了線裝書的字裡行間。

●

真沒想到，事情竟會有意外。放榜下通知時，竟然沒有老笪的千金。老笪猛受此打擊，似突然蒼老了許多，氣色萎蔫，兩眼呆滯，嘴唇哆嗦著卻吐不出一個字來。同事們看著他可憐兮兮，催在下快想辦法。

在下一直在呼喚老笪，老笪聽不見似的。在下又說，老笪你別這樣這樣怪嚇人的，我們先瞭解一下到底毛病出在阿儺身上還是伽葉身上，媽的狗娘養的混帳東西！在下欲出氣地又罵了幾句就拎起電話。

先打給表弟校長。回答說苟局長苟主任要人了，苟說沒有這個人，招辦沒有發文件，小弟絕對不會騙人的向毛主席保證！誓言旦旦，不由人不信。

再打給老笪的同窗。回答說肯定發文件了親手辦的，不信電腦弄給你看，對老同學能有假麼！又是誓言旦旦，不信不由人！

那麼，毛病出在誰身上呢？這時老笪清醒了些。在下問老笪，你說會不會姓苟的狗日的耍滑頭啊？老笪說照理不會，他是收了禮的。在下說這種人吃黑吃慣了吃肉不吐骨頭區區小數目不當回事的。老笪急了，說那怎麼辦呢？

決定事不宜遲，趕緊拜訪苟局長苟主任。當夜幕降臨，苟局長苟主任正好用牙籤剔牙的時候，在下和老笪恰到好處地出現在他跟前。是苟夫人開門熱情迎進門的。苟局長苟主任初時發怔，夫人一說他就笑顏遂開了，臉上的肥肉堆了起來。不想他笑容轉瞬即收，說事情難辦啊，你們忽略了一個人。老笪問是哪個？他說齊護士長齊芳啊，別小看囉！在下一時不明白，問怎麼回事？苟局長苟主任似不好意思又要說出來的樣子，說一開始就不該托她。在下更加狐疑，說齊芳是老同學又非一般的呀！苟局長苟主任微笑不語。一會兒指指苟夫人剛泡出來的茶，說茶葉不錯，噢是老笪你拿來的，是真貨。在下和老笪都被罩進五里霧中。倒是苟夫人快人快語，說別為難兩位了，告訴你們吧，齊芳去年離的婚，老苟他們局裡的熊局長熊松鶴去年喪偶，經人撮合，兩人很投緣，正在熱戀中呢。在下猛拍腦殼，說該死我怎麼一點不知道，這下糟糕了。老笪猛一激靈，又瞪直兩眼欲說無聲。苟家夫婦嚇壞了，連忙勸慰。苟局長苟主任說不要急，留了幾個指標呢，只要熊局長點頭就百分之百。憑施文你和齊芳的關係……不難！他拍拍在下肩膀神秘兮兮地笑笑，笑裡透著意味深長。老笪聽罷舒口氣，拉了在下急著要走。

歸途中，老笪說事情全仗著你了施文，你可要賣力！在下心想哪兒呀，齊芳不是從前的齊芳了。嘴裡則說，老笪你放心好了。

翌日晚就給齊芳送過去兩條「中華」、兩瓶「茅臺」，兩幅字畫、兩份茶葉。除了書，和苟局長苟主任同等待遇。

在下和老笪去時，熊局長正巧在。顯然是被邀請共進晚餐的。在下開口自然也是先慶賀老同學新選才郎，說先前不知者不為罪，今番知了不能不來。齊芳自然心照不宣，不免臉一紅，卻很有老同學見面常有的那種熱情和矜持摻和的表情，說施文真會說話。說好老筦僅作陪不作聲，所以一言不發。末了，在下說了他千金這件事，老筦這才開口道出原委和苦衷。齊芳不經意地朝熊局長遞幾個眼神，然後說施文老筦，老熊不分管招生事，主要是苟局長苟主任拍板，不過老熊倒可以相幫提一提的，你說是麼老熊？熊局長連連點頭說是的是的。並目送過去無限的愛意。

事情又是奇怪地順利。本來已經宣判死刑，突然在「刀下留人」之聲中又轉危為安。奇哉？怪哉？在下和齊芳相視一笑，像是一塊回答不不不不！

從齊芳家出來，老筦高興得手舞足蹈，酷似香港武俠電視劇中那個可愛的老頑童。翌日早上到單位一說，主編、主任和同仁們都很開心，誇在下能辦事。

可後來，老筦的千金還是沒有自費讀輕紡技校，而是進了一所普通中學自費上普高。這是老筦同窗的主意，也是他一手操辦。他說當時正忙著沒有記起說這事，眼下技工學校生員奇缺，誰願意啊？都想讀高中考大學呢！老筦想想也對，和夫人千金商量也覺是，便決定轉向。在下被老筦同窗說得如醍醐灌頂，一下子明白了世間亙古以來許多曾經有過好像又從未有過的道道。只可惜了老筦花錢買了那麼多「人事」。老筦說也不冤枉，權作向社會學習的學費了。

生死界

一

眼前是一片白色的世界。在空曠的白色世界裡，太陽和月亮都在照耀，都在閃爍。雪樣白的波浪湧起，一堆一堆的，沒有翻騰，沒有咆哮，沒有巨響，它們都靜靜地凝固著……不！它們在動了。晃悠晃悠的，一艘一艘，像是白色的船，細細的桅檣晶瑩透亮，都在無聲地搖晃……

這是在哪裡？海？白色的海？太陽和月亮同時燦爛地照耀著白海？

……是村裡的河，一條碧清碧清的河。七月半的太陽白煞煞照徹小河，河水便白煞煞地耀眼，白煞煞的流淌。遠處的河邊村道上跳跳蹦蹦過來兩個人，手舞足蹈像是和白蝴蝶們一塊翻飛。咬山！咬山！咬水和夢蓮手牽手喊著跑近了。咬水雞心臉眉清目秀。夢蓮小圓臉雅俊水靈。三人商量晚上一道放河燈。咬水說，咬山你領頭先放。夢蓮說，你領頭咬山，我和咬水一道跟你。忽來一陣風，揚起塵土迷了咬水的眼。夢蓮便叫道，啊唷別動，我給你吹。她一雙小手捧起他的臉，又翻開他的眼皮。她的臉湊上去，吹一口熱氣，說好了。咬水眨眨眼簾說，真的好了夢蓮，我大起來討你做娘子。夢蓮說，羞羞羞你做夢，我媽說我訂好人家了。咬水問，哪家哪個？夢蓮騰紅了小臉，飛瞟一眼咬水說，不告訴你。咬水就呵呵笑說，不告訴也曉得是咬山對吧？咬山我要同你搶，哪個搶到算哪個的，好麼？夢蓮看一眼咬山又看一眼咬水，一跺腳就跑開了。咬水也跟著跑了。日光照射下的白煞煞的河水因風起了漣漪。緞子般的，牽著兩岸的楊柳枝，烏桕枝、榆樹枝輕輕搖曳……

眼前空曠的白色世界是在哪裡？幾艘白船悠悠地搖盪。一泓港灣？一灣星空下白茫茫的河水？

……七月半的圓月斜上了東天。滿天的星星眨著眼睛。村裡的河泛著灰茫茫的白。咬水和夢蓮從河邊村道上跑來，叫著咬山的名字跑近來。三盞河燈就並排放在橋口石磴上。是白色的臘紙做的小船，船中放塊小板，板上樹支臘燭。咬水說，咬山點火吧？夢蓮說，點火吧咬山？三艘小船都點上了火。三艘白色的紙船托著金黃的燭火，一前二後呈三角形浮在灰茫茫白色的河面上。水流緩動。點著燭火的船慢慢朝前移動，一前二後，總是呈三角形地朝前移動……

兩腿間猛地烘熱，有液體流動的響聲拍打腦海。看不見眼前在哪裡。身子被托起來又被放下。眼前又是白的世界，幾艘白色的船在搖晃。太陽和月亮都在照耀，白煞煞地刺眼，還有桅檣的晶瑩透亮……

二

夢蓮和咬水為咬山換好褥子和褲子，又乏力地坐下，又無可奈何地對視一眼。這是在礦務局職工醫院腦外科病區的重點監護室。

咬山手術後已經昏迷了三天兩夜。現在是第三個夜晚的九點二十分了。按醫生估計，要醒來也就在這段時間。否則危險將向死亡惡化。

咬水和夢蓮對視一眼後，都目不轉睛地看著咬山。纏著紗布的額頭戴著淡藍的紙帽。紙帽下一張慘白的削瘦的臉。被日光燈照得煞白的病房靜得沉悶，唯有氧氣管上端的玻璃水瓶發出單調的咕嚕聲。咬山還是一動不動，兩條一直微翕著的眼縫死沉沉地黝黑。

咬水和夢蓮已經目送兩個被罩滿白毯子的病友推出了病房，去往太平間。同時也目送兩個病友轉入普通病房。咬水這時從咬山臉上移開目光，輕聲對夢蓮說，這裡好比是生與死的戰場這門好比生死界，死的從這裡出去，生的也從這裡出去，你講是吧？夢蓮說，我有些怕，真的！說著掛下眼淚，小巧的兩腮蠕動兩條晶亮。咬水就說，不要怕，咬山會醒過來的。他嘴裡說著，兩眼也迷茫起來。

咬水眼前展現那個場面：被煤塊和礦石埋住大半截身子。真想不到，沒有明顯預兆就冒頂了。班長咬山猴樣地跳出險外，瞪著血紅的兩眼，射過來充滿仇恨的目光。誰見了這種目光都會害怕的。尤其是被仇恨的一方已動彈不得，死神的索鏈已套上了脖子。

下了人車往大巷深處各自的迎頭[1]走去的時候，巷道裡響徹礦靴和枕木撞擊的咯突聲。這聲音寒絲絲澀滋滋地纏心。微弱昏黃的巷燈放大了一長溜人的影子，黑壓壓的不時變換位置。賊亮的礦燈光束一柱柱交叉搖曳。在這燈光和黑影的晃動裡，除了寒澀的咯突咯突聲，沒有說話聲。礦工習慣悶聲不響地前行。彷彿真的到了另一個無聲的黑暗世界，遊蕩的影子再也不會說話。咬山卻突然地開口，說咬水你是副隊長跟我的班，你就帶頭我跟著幹。話音和咯突咯突聲一樣寒絲絲澀滋滋，在長長的大巷裡飄浮。

咬山一直在尋找機會報仇。

機會終於來了。咬山只要跳出險外再反身走開，隨著身後一聲巨響，那個已被埋了大半截身子的被仇恨者，就永遠留在這個黑暗沉沉的世界中了。這是多麼好的借刀殺人！不用氣力，不見血，更不要付出代價。

1 迎頭，井下工作面。

咬山猴樣地跳開後卻沒有反身走開。他只是瞪著仇恨的充血的兩眼，愣了瞬間。這一瞬間是那樣地邁長，彷彿人生走完了疲憊的一圈，歷史晃過了整個世紀。他轉瞬伸出兩隻手，緊緊拽住小半截身子上一直高舉著的兩隻手。這兩隻手在剛才短暫而邁長的等待中，一直沒有停止過招手這個絕望的動作。此刻，絕望的兩隻不停甩動的手被賦予了兩股巨大向上的力。幾乎是在幾秒鐘之內，咬山和他的仇人已互換了位置。

咬山始終是瞪著仇恨的充血的兩眼完成上述動作的。就在互換位置後的剎那，一塊巨大的頂板[2]轟然而下，他那瞪著仇恨的充血的兩眼中，火光熄滅了，只留下兩條微翕的死沉沉的黑縫……

夢蓮抽泣一陣，撫摸著咬山扎著輸液管的手背。她突然說，咬水，咬山恨你又救了你，你愧不？

咬水說不愧，只是我欠他一條命！咬水說這句話時，眼光死盯住咬山。像是要把咬山兩眼中充血的仇恨的目光，重新拉出來。

就在這時，咬山微翕的死沉沉的兩條黑縫動了一下。

2 頂板，巷道頂部砰石層面或煤層面。

三

這光線怎麼這樣刺眼！是太陽光？升井後迎接燦爛的陽光是多麼舒坦愜意的事。恨不得扒光黑臭的礦服，袒露染滿煤灰的灰黃的身子，讓陽光盡情地摩挲。

這是在哪裡？四壁白煞煞的粉牆，右側牆上兩扇大窗緊閉著，左側牆中央的雙扇大門也緊閉著。那門裝有彈簧？穿白衣的和不穿白衣的人進進出出都自動關閉。

咬山在開始有知覺的最初，突然冒上來的意識是：我就要死了。他感到手和腳已經死亡，它們動彈不得。要不了多久，自己將會被戴口罩穿白大褂的人從左側這扇門裡推出去，推進冰冷黑暗的太平間。人的生與死只差一口氣。我就剩下一口氣了，咬山悲觀地想。朦朧中有兩個戴白帽穿白大褂的走近來，一個將身邊閃著綠色曲線的機器拿走了，一個俯下身來翻他眼皮，拍他腮幫。咬山想，他們要開始了，要完成他們的使命了，要無可奈何地推出這具死屍了。

咬山絕望了。他掙扎四肢，仍動彈不了。他欲張嘴大喊，卻只能用力地翕翕。就有滋潤的液體滴下來。咬山抖動著舌尖努力地舔著，甘霖般的液體順著舌頭、喉管吱吱地下滑。這個過程重複持續很長一段時間。這使咬山激發出了強烈的生的渴望。

自從第一次知道，是他的堂兄咬水勾走了他老婆夢蓮的心，咬山就發誓要奪回男人的尊嚴。夢蓮這女人賤，有了碗裡的，還饞著鍋裡的。她全然不在乎夫妻情分。事實上，咬山壓根兒就沒有享用到她的初夜。他自然不會採取老輩的做法，去檢驗她是否滴血。新婚之夜，他竟沒有看到她絲毫疼痛的表情。相反，在接納他進入以後，很快就顯出出乎他意料的主動和放蕩。儘管那一夜令他消魂，令他難忘。但後來回想起來，這使他追悔不疊。他就是從這一夜開始做了烏龜的。所以他恨。恨結婚，恨夢蓮……

井下的巷道長長的。咬山有的是復仇的機會。他完全可以從背後下手，悄悄把咬水推入反井[3]，摔不死也斷他手腳脊背。或者，完全可以慫恿他去處理啞炮，碰巧炸了，一定沒有個全屍。總之，機會是太多了，幾乎唾手可得。可是，咬山心中閃出念頭時，手腳竟不聽使喚。事到臨頭不是大聲喊著就是粗暴地動手叫他避開反井口。處理啞炮幾乎是咬山自己的天職。還就他行，從來都順順當當的。他就恨自己心太軟，下不去毒手。

耳邊響徹叫他的聲音。咬山努力撐眼皮。重重的，就是撐不開。迷迷糊糊之中，他感知咬水和夢蓮就在眼前。他不想看到他們，就放棄了睜眼的努力。

3 反井，井下巷道與巷道間的垂直通道，用來上下人或溜煤。

他現在有些明白為什麼會躺在這裡了。他有些憎恨命運的捉弄了。在兩個人處於生與死的對立面時，他竟不顧地層將會再一次發怒，而突然暴發出巨大的力量，把自己的仇人從死亡的地界拽回到生的地界，自己又留在了死亡的的地界。而在這個過程之中，自己心裡始終是充滿仇恨的，甚至真想一拳擊下去，把仇人擊個粉碎的。

這個仇人偏偏是他同一血脈，一塊長大的堂兄！是和他一樣拎著命在井下撐起地層的工友！

又是一股暖流從下身流過，接著身下熱烘烘的黏濕。咬山知道發生了什麼。他只是把微翕的眼縫緊閉了，眉宇鎖得緊皺，慘白的臉爬滿痛楚的表情。

四

咬山終於甦醒了。

咬水和夢蓮同時驚喜地呼喊，咬山！咬山！

沒有回答。咬山緊蹙著眉頭，動了幾下身子。

夢蓮聞到了尿臊味。

已經記不清換過幾次褥子、內褲了。可這次咬水和夢蓮都很興奮。咬山終於醒過來了，在死過去三天兩夜後又活過來了。可醫生說還沒有脫離危險期。換句話說，他還可能重新死過去。儘管是這樣，咬水和夢蓮還是充滿興奮，充滿希望，相信咬山一定能活下來。雖然都沒有說出來，但在給咬山換褥子時，兩人的手短暫地握住了一下。興奮和希望也就在這個時候互相傳遞的。

出事的前幾天，夢蓮做過一個夢。夢見井下冒頂了。咬山、咬水被冒進去了。事故出後，夢蓮對咬水說了這個夢，並且說，夢是反的，咬山一定不會死。當時咬水正沈浸在悲痛之中，聽了夢蓮的話，點點頭，心裡的悲痛似減去許多。

也許世上真有心靈的感應。夢蓮和咬水正是由感應而不顧一切勇敢地走到一起的。

那年咬山、咬水十八歲，咬水只大咬山兩個月，夢蓮十七歲。他們都讀初三。夢蓮和咬山由於有訂兒婚那一層凝著，雙方顯得很拘謹。倒是和咬水仍舊與兒時兩小無猜樣地隨便。那晚，夜空很淨，群星閃爍得格外明亮。夏日晚，村人都在村中的小河邊搭鋪板乘涼。夢蓮記牢是七夕，所以那晚她多看了一會星星，想著牛郎織女的故事，後來就迷糊起來，小睡了一會兒。卻做了一夢，村口小河上竟然有座白得發亮的橋。醒後便走過去看。見咬水也在那裡，就問，咬水你來作啥？咬水說，昨天夜裡夢見一白鬍鬚老人，告訴我今晚這裡能看見一座橋。夢蓮想，奇了。便急切地問，哪樣的橋？咬水說，白色的橋。夢蓮心裡於是咚咚地跳起來，臉也騰地熱了。他偷眼睨一下咬水，見他望著河水發愣，就問，咬水今朝啥日子？咬水脫口說，七月七鵲橋相會的日子。接著他讀了秦觀的詞：「纖雲弄巧，飛星傳恨，銀漢迢迢暗度。金鳳玉露一相逢，便勝卻人間無數。」便猛醒，莫非應了那夢！待回頭看夢蓮，她不在了。不遠處有她的身影，修身長辮在星空下勾勒出俏麗的剪影。

後來，夢蓮在知己的小姐妹中多次說，要嫁就嫁個心心相應的。當然，這話也對她娘說了。她娘並不介意，笑著推了女兒一把說，什麼叫心心相應，結了婚自然就心心相應了。夢蓮說，不！她娘又推了她一下說，等你嫁給咬山就曉得了。夢蓮還說，不！她娘就不理她了。興許就是這次啟發了夢蓮娘，女兒大了，該嫁人了。

夢蓮已經看到了自己的危機。在一次和咬水重提七夕之夜的情景時，兩人不由自主地偎到了一起。也是個星月皎潔的淨夜。他們在村外河邊的樹林裡海誓山盟，而且隨著愛河的決堤，第一次做了那事。雖然兩人都付出了代價，一個手忙腳亂，一個那一剎的疼痛；但是地作床天作被，他們異常地興奮，異常地幸福。都說，這是天造地設，是天作之合，地就成雙。

夢蓮後來嫁的還是咬山。她無法衝破父母長輩的規範，更無法擺脫古老的村規民約那張無形的網。可咬山是個好人，疼她愛她。她就覺得對不起咬山。但心裡仍死死地愛戀著咬水。咬水後來也娶了女人。當然是父母之命媒妁之言而娶的女人。她是知冷知熱的賢妻良母。咬水就覺得有愧於她。但心裡仍死死愛戀著夢蓮。咬山、咬水進礦挖煤，夫唱婦隨到如今，咬水夢蓮還是死死地愛戀著。

給咬山端正停當，咬水和夢蓮在床邊坐下來。隔著病床，他們互相看了一眼，然後會心地低下頭來。病房裡很靜。只有接氧氣管的玻璃水瓶撲撲作響，還有鄰床用的心電儀時或發出嘟嘟的聲音。這種聲音增加了病房的寂靜。咬水和夢蓮都有了強烈的睡意。他們在咬山身邊相對地伏下腦袋。

五

哭聲驚醒了咬水和夢蓮。鄰床終於沒能挺過險關。氧氣管、輸液管、心電儀都卸掉了。白毯子蓋住了他的臉。哭聲來自親人，在寂靜的午夜顯得愈加淒慘。醫生、護士推進輪床，利索地將死屍移過去，然後推著出門。親人們扯住哭著。醫生說，晚了，也盡力了，你們節哀吧。說著強行地推了出去。哭喊著的親人們拉扯著跟出了門。

病房重歸寂靜。

夢蓮和咬水的心都在升騰。他們都感到了害怕。彷彿看到死神在這寂靜的病房歡快地跳著舞。隔著咬山，兩隻手捏在了一起，都感到對方在顫抖。

咬山完整地感知了剛才發生的一切。微翕著的兩條死沉沉的眼縫裡噙滿了淚水。當淚水盛不下時，從兩側沿著太陽穴淌下來。

咬水看到了咬山的反應。夢蓮隨後也看到了咬山的反應。

「咬山，不要擔心，你會好起來的。」

「勇敢點咬山，醫生說你一定會好起來的。」

咬山輕微地搖了一下頭，眼淚淌成兩條線。

咬山想自己一定逃不過這一關。他並不是怕死。在井下捨命地幹。經他手從死神那裡救出來的工友少說也有七八個。他何時懼過？想不到卻救了咬水！而且是毫不猶豫地救了他！儘管當時一閃念中想到了自己會被冒進去。現在咬水和夢蓮活生生地在面前，咬山心裡像被棍子搗著一樣難受。他忍受不了這兩人成雙作對地在眼前。鄰床溘然而去了，過了這道生死界去了太平無事的另一個世界。咬山想著，我也將過去，可是我不甘心！

咬山濕潤的雙眼可以眨動了。便試著睜了一下眼，竟然睜開了。見夢蓮和咬水都傾身在床頭看著他。他倆都射過來驚喜和欣慰的目光，臉上都浮著笑容。只有片刻地對視，咬山又閉上了眼睛。

咬水在心裡說，他這輩子要恨我到死了。你這混蛋，我不愧。可我欠你一條命。夢蓮在心裡說，他到死也恨我。你這冤家，我夢蓮只有來世把心給你了。咬水和夢蓮無可奈何地收回目光收回身子，面對面隔著咬山坐下來，相對凝視。彷彿都看到對方心思，他們都諒解咬山但又義無反顧。

護士進來量了體溫，年輕的漂亮護士甜甜地笑笑說，體溫退了，稍高一點，趨勢很正常。說罷檢查了一下輸液瓶，又甜甜地笑一笑，飄然走了。

夢蓮和咬水笑容可掬地目送護士。

護士的話咬山聽到了。他心裡一震，我居然還能活下去。就睜開眼，正好看見護士甜甜一笑，然後飄走。

三人從房門處收回目光時，碰在了一道。咬水和夢蓮同時喊，咬山！咬山你就要好了。

咬山遲鈍的目光分別在夢蓮和咬水臉上滯留一會，又閉上了。他閉得很安祥。他眼前的夢蓮和咬水被護士剛才的笑容遮住了。那甜甜的笑容給了咬山極大的慰藉。他慢慢進入夢鄉。

六

晨曦透過兩扇大窗湧進來時，咬山大汗淋漓地驚醒。

剛才，他正處在那次冒頂事故的後續過程裡。當再次冒下的頂板礦石將他擊倒，他就被煤塊和礦石埋住了雙腿。他奮力掙扎，竭盡全力先狠命拔出一條腿。又借這條腿的力量，拔出另一條被埋得更緊的腿。褲腿撕碎了，哧的一聲鑽心地痛，拔出的腿血肉模糊。

巷道裡已經沒有一個人。他就沒命地朝外奔跑。追隨他的奔跑，身後不停地冒下來。礦燈的光柱在煤塵的滾滾濃煙裡左衝右突。他感到兩腿越來越重，跨步越來越艱難。突然，他被什麼東西拌了一下，腿一軟就向前倒去……

咬山是在這個時候驚醒的。他渾身濕透，喘著粗氣。晨曦一開始令他睜不開雙眼。其實清晨的陽光很柔和。他翕條細縫適應一下，慢慢就睜開了眼。病房裡被晨曦的金黃染透，顯得濃鬱地溫馨。已經有人在走動、進出。於是，在濃鬱的溫馨裡又流動起活力。

咬山於是追憶那個夢。他已經清楚自己是做了一個惡夢。在那次冒頂中，他被擊倒後就沒有知覺了。以後的過程是一段空白。絕對不可能自己掙扎出來又沒命地奔逃。可以肯定，他是被咬水和工友們挖出來背出井巷的。

突然眼前一亮，他又沈浸在甜甜的笑容裡。

咬山！護士在叫他名字，問他怎麼樣。他聽到了，便抿一抿雙唇，翕一翕嘴角。這就是含笑了。他無法笑出來。他又抬一抬頭。這就是點頭了。他無法表達「好」這個意思。護士明白了，又朝他甜甜地笑一笑，然後飄走了。

夢蓮和咬水其實早就醒了。護士問候咬山這一過程，他們都看到了。只是咬山只看見護士的笑容。護士甜甜的笑容完全把夢蓮和咬水遮住了。

護士走開後好一會，咬山才看見咬水和夢蓮在朝他笑。

夢蓮說，祝賀你新生。
咬山抿一抿唇，謝謝。
咬水說，祝賀你新生。
咬山翕翕嘴角，謝謝。
咬水又說，我欠你一條命。
咬山又翕翕嘴角，我們扯平了。
夢蓮又說，我欠你的情一定加倍補償。
咬山又抿一抿唇，我們重新開始。
他們就這麼對視著。其實他們誰也沒有說話。
值班的醫生進來了，後面跟著那個漂亮的護士推著輪床。
醫生說，換病房吧。
護士說，好的。說罷朝咬山笑說，聽見嗎？換房了。
咬水和夢蓮配合醫生護士將咬山抱上輪床後，扶著輪床跟著將咬山推出監護室。
啊，這生的門！
經過門的時候，咬水對夢蓮說，終於過了這道生的門。夢蓮說，是過了，終於過了。
就見咬山翕開了嘴，低沈地含混地竟說出了聲，生……的……門……過……過了……

植樹節那日

翠環送來點心的時候，鐵砣挖到第六個樹坑。坑一尺半深，一尺半直徑，上下一般大，濕潤的黃土堆在坑周。

鐵砣本來叫鐵松林，只因自小又倔又憨，被叫作了鐵砣。鐵砣今年六十八歲了，解放那年正好十八。當年，他曾經給解放軍當嚮導，帶著一連解放軍走小路抄了國軍後路，一舉全殲國軍駐紮在這裡的兩個連。這裡的地名叫響馬嶺，一向是土匪出沒之處。只要聽得馬鳴，附近人家就關門上鎖進山躲藏，行人不敢貿然過道。因有萬人莫敵之險，所以鐵砣領了解放軍殲敵攻佔響馬嶺後，大部隊不費一槍一彈就佔領距響馬嶺不到二十里的縣城。鐵砣因此立了大功，被披紅戴花擁上臺，和團長坐一條凳。一解放，他就成了這一帶很有威名的民兵連長。

鐵砣當民兵連長的時間不長，他戀上了這裡一個財主兼匪頭的女兒翠環，誓死不分離。這樣，民兵連長就當不成了。翠環父母雙雙被鎮壓後，十六歲的翠環便無依無靠。有人說，鐵砣你太冤了，為了土匪女兒毀了自己一生。鐵砣說，我不毀了自己，翠環就毀了。也有人說，鐵砣你這一生也值，和翠環百般磨難後活過來，如今兒孫滿堂了。鐵砣說，人啊哪個也料不準自家，只要量得著天地，對得起良心。

鐵砣說的量得著天地，就是站得直，頂天立地。他常用這兩句話來說服自己，回答別人。自從不當連長了不是民兵了。他的工作就是看山管林。先給社裡，再給生產隊。後來山林承包了，就為自家看山管林。所以，種樹護林在方圓數里內就數他絕。

翠環給鐵砣斟上盅酒，說「村長分派你挖十六個樹坑，我看你是來不及了。」她的老眉老眼還殘留下著昔日的俊秀。

鐵砣咪了口酒，嚼著塊油肉說：「縣上首長要明朝九點來種樹。」他習慣稱首長。當年他叫團長就是這樣叫的。嚮馬嶺高高地阻礙了他的視線，一阻就是近五十年。高速公路修到這裡，穿嶺打隧道，他才有希望見到了嶺外的世界。明朝，他真想見見首長呢。

「才挖了七個呢！你看太陽剩一樹高了，我來幫你挖吧？」

「你省省吧，嘿嘿。」鐵砣朝老伴狡黠地笑兩聲，「太陽落山前可以再挖三個……」

翠環見老頭吐半句吞半句的，怪嗔地說：「講好兩塊一個坑，村長鈔票也撥你了。你是老糊塗了，還存心賴貓皮呀！」

鐵砣就顧自吃點心，不再睬老伴。翠環氣悶之故，拿起山鋤要去挖坑，被鐵砣奪下來摜在地上。「你省省吧。剩六個明朝一早來挖。」翠環說：「你渾啦！明朝就要派用場的。」鐵砣說「我勿渾。」很快吃罷，收拾起碗筷推給老伴，硬把她趕了回去。

次日，鐵砣起個早，六點半就來到坡上挖坑。他算好了，半個鐘頭挖一個，挖到九點正好可以見到縣上首長來。讓首長種的不是一般的小樹苗，是他精心培育了五年的小香樟樹，種在隧道口兩側坡上，一邊八棵，要種了包活。他越這樣想，就越挖得精細，挖得一絲不苟。尤其坑底不可小，要讓樹根擺得舒服。

村長掮把山鋤來了。他昨天晚飯後來看過，心想鐵砣一定是趕早工了，偷工減料少挖幾個坑是不會的。走近鐵砣，村長說：「松林伯你是傍早做人家，還是噱頭巴腦做給人看啊？」

鐵砣頭也沒回地說：「給人看作啥？想要看人倒是真的。」

村長說：「曉得你想軋鬧猛。老啊老了，做啥呀」說罷擺開弓步掘地。

鐵砣過去撥開村長的山鋤，喊：「你走開！」村長還要挖，鐵砣就舉起了山鋤：「你走勿走？勿走我劈煞你！」村長見他的倔勁上來了，趕緊丟下山鋤。正好幾輛車開過來停下，村長迎上去。

是鄉裡的一輛小車、一輛中巴，來布置種樹的場面。另一輛拖拉機是村裡的，載來鐵砣培育的十六棵香樟樹。一會兒工夫，隧道口兩側坡上插上了兩排五彩紅旗，隧道口上方掛起了大紅橫幅，上書「全民植樹，綠化祖國。」鐵砣不明白植樹為什麼要插旗掛橫幅。

鐵砣挖最後一個坑時，一長溜光亮的小轎車鑽出隧道，停在路邊。領頭一輛先鑽出幾個姑娘、小夥子，挎著照相機、握著話筒、扛著攝影機。鐵砣不曉得是些什麼東西。接著幾輛鑽出一批簇新的人，一個個天庭飽滿，潤光滿面。有幹練的，有富態的，分兩撥簇擁著氣宇軒昂地走向兩邊山坡。

鐵砣不知啥時已歇了活，站著有滋有味地看。村長著急，老遠揮手示意鐵砣走開，鐵砣卻磁鐵吸住一般呆呆地佇立著。村長看準了鐵砣身後有條水溝，靈機一動，衝過去要抱住鐵砣往溝裡滾。但先他一步，一位和藹可親有一張肥嘟嘟臉的人，在話筒、攝影機、照相機們的圍追下已經到了鐵砣身邊，並且向鐵砣伸出了一雙寬厚白淨的手，緊緊握住鐵砣乾瘦筋巴滿是黃泥的手。村長的爆發力倏然而止，一個腳絆，躍進溝裡。人們的注意力，這會都集中在那有力而瀟灑的握手上。

「你好啊你辛苦了！」

「首長好首長辛苦。」

鐵砣頓時覺得渾身被綿軟包裹。他突然想起了這句五十年前團長握他手時他的回話。當他再準備回答首長什麼問話時，那又肥暖的手已經離開，眼前只有自己那隻沾滿黃泥的枯手。鐵砣心裡像被挖了坑似的空落了一下。轉眼間，那雙寬厚的手接過村長遞給他的小香樟，極其瀟灑地放入坑內，然後接過鄉長遞過來的鏟子，把坑邊濕漉漉的黃泥撥入坑內，扒兩下，撲兩下……與這一過程同時，攝影機、照相機一直在一邊轉悠。

這時，一個漂亮的丫頭走過來，面朝鐵砣甜甜地笑了笑：「請問老伯，今天是什麼日子？」她對著話筒聲音甜美地問，又將話筒伸向鐵砣。

鐵砣懵了一下又猛一激靈：「種樹的日子唄。」他還想說這棵樹要重新種過，坑還不夠深呢。可是話筒已轉向首長了。

首長的聲音很洪亮，像是在一個大箱子裡迴旋過幾轉再放出來似的。可是鐵砣昏眼聾耳的沒聽清，只聽明白了最後兩句：「……讓這十六棵香樟樹茁壯成長，它們將是我們縣的迎客樹！」隨著話音的休止，他的一隻肥手掌有力地向下一劈。

這句話和這個劈手動作令鐵砣十分感動。他想表示一下什麼，又不知從何說起。遲疑間，人群已離他而去，簇擁著下坡，又紛紛鑽入轎車。剛才那個轟轟烈烈的場面沒有了，隧道口兩側坡上除了歪歪斜斜立著的香樟樹，什麼人也沒有了。

鐵砣一瞬間感到孤零。他蹲下來，小心地把這棵小香樟挖出來，重新挖樹坑……

村長不知從何處鑽出來的。鐵砣猛地抓住他的胳膊說：「這十六棵香樟是門面呢！」

村長攤開手搖頭：「松林伯，再辛苦辛苦弄弄過。」兩人於是逐棵把樹小心翼翼地挖出來，把坑重新挖淨，把樹重新種下去，填土，踩實，扒平，澆水……鐵砣一點不覺得累。村長走了，他還在那裡扒拉著，把兩側的坡面扒拉得平平整整，根草全無。看看再也沒有什麼可做了，才意猶未盡地掮起山鋤回家。

晚飯時，他生拉硬扯地把村長請到家，說：「今朝高興，一定要喝兩盅。」兩人盅來盞去喝得投入。鐵砣把老伴叫出來一道吃。說：「翠環，我搭首長握手了你曉得吧？」鐵砣在老伴的腮上捋了一下。這動作猶如五十年前憐愛地替她拭眼淚。鐵砣心裡震了一下。翠環的老臉頃刻泛成醬紅色，說「看你這種樣子，就像當年在臺上搭團長握手下來一樣。」

村長愣愣地朝老兩口看看：「團長？」

鐵砣說：「是團長，解放軍的團長。可惜你是見勿著。告訴你，團長是世界上頂好的人了」

翠環打開了電視機。正播放著本縣新聞，是那個天天有的甜美的聲音：「今天是植樹節，縣領導迎著春風前往響馬嶺隧道口植樹……」

畫面從那個首長往坑裡放樹開始。動作過程模糊，看不出坑的深淺。同時，穿插些大場面。鐵砣的形象倒閃現了好幾次，那是一晃而過。他與記者對話的鏡頭，似乎離那個首長很遠。當那個首長有力的劈手動作做完，植樹新聞就放完了。

鐵砣悶聲說了句：「前面的不放？」端起酒盅乾盡。翠環說：「你講握手了，哪哈嘸不呀！」

村長想說，或許來不及或許拍得不好，或許……但他什麼也沒有說，心想莫非真的因為自己躍進溝裡之故？他站起來告辭，帶著深深的負疚感走了。

鐵砣的目光追著村長的背影說：「我想過了，首長恐怕勿會是從前的團長了。」聲音蒼涼沉重。門外蒼空已是滿天星斗。

花鳳橋誌異

我在一個溫暖的春午，懶懶地坐在市圖書館方誌庫那張古舊的紅木案前。室內彌漫著陳腐的氣息。眼前攤開的黃裱紙雕版縣誌上，那緊密豎排繁體的字裡行間，閃爍著隔代久遠的幽光。陳腐的氣息和隔代的幽光，如撲爾敏作怪一般膠黏著我的眼簾，令我昏昏欲睡。

我想編一部《古橋誌異》。我已經搜集了關於橋的許多彌足珍貴的史料。在我的關於橋的豐富多彩的史料中，除了各種各樣橋的建造和修建史，以及沉澱在其中的深厚的橋藝文化，還伴隨著撲朔迷離的歷史故事。這些故事多半帶著傳奇色彩，但總是離不開神仙鬼魅，離不開善惡報應。我整理得煩了，厭了。在這間充滿陳息和隔代幽光的屋子裡，我昏昏欲睡了。

那條滴血的女腿，就是這個時候在我眼前出現的。這正是我所渴望的。我已經被那些充塞卷軼的附著在橋上的因果報應一類陳年臭屁，薰得辨不清東西南北。那段關於女腿血淋淋的記載，令我猶如劈頭蓋腦地挨了一桶冰水，猛地一個激靈，頓時清醒無比。我彷彿看到了那條白森森的秀腿，修長、健壯，腳底朝上懸掛在橋上，垂到橋洞，大腿根部翻出鮮紅的肌肉，滴著紫血，隱約一小撮黑毛……

我想像著應該和這條秀腿相連接的那個女人，記載所說的「著鐵尖弓鞋，使雙刀如飛」，英姿颯爽的女俠，一定俊美而又冷若冰霜。活躍於現代武俠電視劇中的眾多女俠，不都是冷豔式的美人嘛。我沒有辦法不這樣聯想。因為「著鐵尖弓鞋，使雙刀如飛」這一句，實在會讓人想入非非。

曾經懸掛過血淋淋一條女腿的那座橋，就坐落在這個城市的東面。這塊地方現在已經闢為公園。周圍是居民新村。市河由南往北，在市中心朝東叉開名叫月溪的支流，穿過「望月」、「浮星」兩座石拱小橋，就到了這座橋。和「望月」、「浮星」的雅名相稱，這座橋名叫「花鳳」。既美麗又讓人出口時不得不溫柔。乍一看，這「花鳳」之名怎麼也不應該牽連上血淋淋的女腿，但事實上卻互為一體了。

儘管我極希望發現關於橋的新奇刺激的故事，但一開始也接受不了這個殘酷的史實。縣誌這樣記載：

東鄉農人鄭九，明末為盜。鄭女著鐵尖弓鞋，使雙刀如飛。託言與邱某宿有仇怨，聚眾焚宅，實則劫其財也。後請官軍至，梟之。女赴溪欲逃，以鉤鐮槍鉤其髮，至岸，亦梟之，斬一腿懸於橋。遂呼橋為花腿橋。今名花鳳橋，頗雅訓。

我當然知道縣誌是官書，是官方叫修的為官存史資治的官書。雖然述而不作，但在選取材料入誌時，一定是有其堅定立場的。在這段關於花鳳橋由來的記載裡，邱某自然是官方一邊的。因為他能「請官軍至，梟之」。而鄭氏父女則是民，是造反作亂的刁民、賊民。階級陣線亦然。所以現在這座柳蔭下跨清流，供遊人徒步觀覽的古石橋，在當時必定要懸掛鄭女的「花腿」的。不掛鄭女腿，又能掛何人之腿呢！倘若鄭氏盜未能被梟，反過來又斬了邱某之腿懸掛於橋上，便是罪當萬剮的犯上作亂。邱腿也一定會被取下來入葬，然後也決不可能用來取橋名的。一條乾癟老頭的枯腿，只會令文人雅士作嘔。正因為是鄭女之腿，其內涵便何其豐富美妙！在充分發揮其內涵時，那淋淋的紫血，外翻的肌肉，那死白色的腿膚，全都不存在了。恍惚於眼前的，自然是一條活生生的美腿了。而且，也不僅僅是一條腿，還有更引人入勝的其他諸如體毛一類的物件，甚至將這條美腿和有著冰肌玉膚的女軀嫁接起來，再浮想聯翩。於是，幾聲雅語，一陣談笑，「花腿」全成了橋名；於是，「花腿」又「頗雅訓」地演變成了「花鳳」。男性社會的惡作劇！文人雅士的德性！連今人的我竟也在猛地一個激靈之後，於字裡行間彷彿看到了那條白森森的秀腿，修長、健壯，腳底朝天懸掛在橋上，垂到橋洞，大腿根部翻出鮮紅的肌肉，滴著紫血，隱約一小撮黑毛……

我就不經意地想到了毛澤東他老人家奠定於亂世中的階級鬥爭學說。沉澱在花鳳橋上血淋淋的往事，不正是封建階級和農民階級的鬥爭嘛。我甚至有些痛恨那個八十萬禁軍教頭林沖了，是他發明的鉤鐮槍把鄭女「曳至岸，亦梟之」的。

●

我的情緒似乎是籠罩在鄭氏父女身上的。回家時，我特地丟開自行車，繞道徒步走進城東的公園。清清的月溪穿過公園，花鳳橋便蹲在中央。猶如在碧綠的緞匹上繫個蝴蝶結，更像一隻巨形石龜趴在月溪之上。

我走上橋級，站到橋頂朝東望去。不遠處有個小溪，被月光穿珍珠般地串著。這時夕陽西沉，漾面泛著昏黃。鄭女是在這裡被鉤鐮槍曳上岸，然後被梟首斬腿的。我的兩腿突然有些打顫，又收回目光低頭看橋下。黃昏的橋東側一片陰暗，碧藍的溪水在橋洞壁打著細微的漩渦。鄭女的秀腿想必是從這裡掛下去的。死白的腳底板朝著蔚藍的天、柔白的雲。腳型一定健美，被一根沾血的麻繩縛著。從腳底看下去，腿部線條流暢。紫色的血便一滴一滴淋下去，落到溪面撲通有聲，不時漂開圓圓的波紋。我的心收緊了，彷彿這情景在眼前恍然再現。

這時，一群旅遊觀光的外地客人在導遊的帶領下走上橋來。漂亮的導遊小姐提起話筒，貼到了豔紅的小嘴上。橋上便活躍起甜美的聲音。她娓娓講述了花鳳橋的由來，是和記載相近的民間傳說。她說：東鄉有一姓鄭的，明末清初時做了太湖強盜。女兒長得標緻，武藝高強，人稱雙刀飛燕。關於鄭家父女的傳說，民間有幾種講法。有說欺霸一方，無惡不作的；有說劫富濟貧，專與官家作對的；有說明火執仗，打家劫舍的；也有說鄭、邱世仇，兩家怨怨相報的……但結局都是被抓了殺掉的，鄭女的腿被砍下來掛在橋上。因為這件事，橋就起名花腿橋。姑娘的腿嘛，自然是花腿囉。後來又雅化為花鳳橋了。

導遊領著遊客們走了，小姐的甜美餘音仍在橋上回繞。剛才，她那倩麗的臉龐始終微笑得豔麗，甜美的娓娓動聽的敘述，猶如在拉一條美麗的永遠拉不完的彩帶。她拉著拉著又放開了，那彩帶又隨風飄離。遊客們都伸頭朝她指的橋洞看看，說些「小橋流水」、「水清得很」之類的話。這一切，悠閒平靜得再不能悠閒平靜了。這對於還在沉甸甸的歷史故事裡喘不勻氣的我，無疑是格外的悲哀了。是啊，那血淋淋的姑娘的大腿，又與他們何涉呢？橋名就是橋名嘛。一個橋名包含一個生動的故事，這本是見怪不怪的事嘛。我心裡啞然了。

我又進了充塞著陳腐氣息和隔代幽光的方誌庫，在古舊的紅木長案前翻開黃裱紙縣誌。我一直對那段「託言與邱某宿有仇怨，聚眾焚宅，實則劫其財也」的記載耿耿於懷。我想再尋出些蛛絲馬跡來，以弄清這個故事裡的漏洞，以及隱藏在背後的史實。

在縣誌的〈雜綴〉裡，我發現兩條記載，都錄自邱從隆的《懷陳篇》：

鄭九，織里農人也。距吾里不遠，常以租債往來。明末為盜。其女著鐵尖弓鞋，使雙刀如飛，兇惡特甚……

乙酉亂，民千百成群。吾里焚劫殆盡，人皆倉皇失措，莫克寧居。賊首鄭九之鄰來言曰：若得邱邁玉、毅甫、眾甫三公出身為任，不致池魚之殃，則某等願縛創者以獻。公等任之，果得手……

我的思路便在上述兩條記載的指引下，劃過了一百八十度大轉變。我斷定鄭氏父女不是簡單在租、債重壓下喘不過氣來而想抗爭一下伸直腰為舒口氣的農人，他們決非等閒之輩，也決不是「為盜」、「賊首」幾個字可以點盡真面貌的。

引導我思維大轉彎的，首先是《懷陳編》的撰寫人邱從隆。此人的祖上，曾做過一件令這座城市全城人所不齒的醜事。在我兒時，也聽老輩人呸呸地咒罵過，罵他賣國求榮，是漢奸是漢賊。想必是作為後人的邱從隆出於不忍遭後人唾罵，有意文過飾非。引導我思維大轉變的第二個關節點，是發生在「乙酉亂」中的這件慘事，其元兇原來是「鄭九之鄰」和邱氏三公。

乙酉年就是清順治二年（西元一六四五年），也就是南明流亡朝廷的第二年。我查過記載，這一年，在我所在的這座古城，發生過歷史性的大戰事，即南明義士、義軍和清軍的守城攻城之戰。前明秀才費宏璣、金攻玉同舉人馮爾翼、道標千總黃永錫、防湖哨官陳玖石等服素起義，聯合屯兵於太湖的明朝潰軍副將黃光志所率將士，在這年的閏六月初三攻下這座已被清軍佔領的府城，在城中舉旗招兵。義軍戰守旬日，城外清軍屢攻不下。有東關外富戶邱氏之子邱文伯、邱文叔兄弟，曾以試場作弊被革去秀才功名。他倆見機告密於清軍主將，說校場一端守衛虛弱，可乘隙攻入。清軍隨邱氏兄弟蜂擁入城。費宏璣、黃光志等義軍首領和將士紛紛戰死，先後死於義節者甚多。唯防湖哨官陳玖石突圍潛月溪出城，下落不明。不久，邱文柏、邱文叔被清府台委任為府丞，是相當於現在地市局長一級的官吏。

上述發生於乙酉年的在我所在的城市關於那場戰事的記載，明白無誤地說明，邱文伯、邱文叔兄弟就是被後代萬世唾罵不絕的漢奸、漢賊。而邱從隆作為邱氏的後裔，已經是清代道光年間的人了。他的《懷陳編》，果然是追懷往事的文字。而所謂「乙酉亂」，自然就是指南明義軍守城和清軍攻城那場戰事。「民千百成群」地參加了起義。

於是，這間充塞陳腐氣息和隔代幽光的方誌庫，成了我馳騁想像的空間，我的合理想像便有了根據。我於是脫開《懷陳編》所製造的空白，為那條血淋淋的鄭女之腿演繹本該有的故事。

●

月溪水本來該比現在的更清更澈。但在那場殘酷的爭城戰鬥中，雙方死傷無數。溪中死屍遍浮，溪水幾成紅色。陳玖石自幼習水性，又做了多年的防湖哨官，在太湖中能如履平地。當時，他仰天厲聲長歎一聲：大明盡矣！厲歎聲震動幾條街巷。將他圍戰的清兵都瞪大了眼睛，手中的兵器都定住了，既移步不得，又做聲不得。陳玖石就在這個時機，縱身跳入月溪，不見了蹤影。

陳玖石是潛出東關在那座後來才稱作花鳳橋的石拱橋下才露頭的。那時城小，這裡已是城的東郊外了。過了橋洞，又游進小溪，最後在一條小港汊裡上了岸。他脫掉身上的盔甲，隨手扔進了水裡。這時天色漸暗，周圍已空無一人。他踉踉蹌蹌地沿著北通太湖的東塘河，在茅草深深的塘上朝北而去。眼下的田疇應該是綠盈盈的，早稻應該是灌漿飽穗的時候了。可是，卻一片狼藉。陳玖石心裡一沉，心裡說，沒有天災，人禍成災啊，今年要鬧災荒了。

皇朝更替，百姓遭殃。陳玖石是從武的小官，防湖哨官，頂多一名校尉的銜。但他也曾念過塾，知道些古來經國之事。新帝臨朝，該有多少人頭落地！更不用說無辜遭罪的老百姓了，況且是異族入關，滿清來統治大漢子民。陳玖石深知此次抗爭失敗，南明再也沒有迴旋餘地了，只有伏首投降。他這樣想著，便心灰意冷，心裡又說：餘生隱姓埋名度日也罷。

陳玖石此去是回家。家中尚有老母、妻子、一雙兒女，還有兄、嫂、弟、妹及侄輩們。防湖哨官是個卑微的官，他在城裡沒有宅第，只在太湖邊的哨營有一處小院落。早先與妻兒同住，起義前叫他們回了離哨營有三十多里地的老家織里村。兒女都練就一身好武藝。做父親的還是怕出事，硬讓他們陪母親走了。想到這些，陳玖石內心感到極大慰藉，於是步履也變得些輕鬆起來。他想從今往後種田度日，雖苦做苦吃，全家團聚平安倒也其樂融融的。此刻，他巴望早一點到家，於是加快了步子。

一個時辰以後，陳玖石到了織里村。他想自己大難未死，突然出現定會讓家人驚喜。他是憋著呼吸，躡腳跨進院牆大門的。但眼前的情景頓時讓他傻眼：門窗七顛八倒，地上橫陳十多具屍體。他三步並作兩步衝進堂屋。只見女兒滿身是血，一膝跪地，一手支著雙刀，身邊也有好幾具屍體。他扶著女兒，大喊怎麼回事。女兒只傻愣愣瞪著眼沒有反應。她是暈悶過去了。陳玖石將女兒扶起來放到椅上，在她人中處掐了幾下，總算有了神志，哇的一聲哭倒在父親懷裡。

就在陳玖石往家趕時，這裡的怪事已經發生。一隊清軍衝進陳家小院，見人就殺。陳家奮起抵抗，終是寡不敵眾。陳玖石的老母、妻子、弟、妹和兄、嫂、侄兒全被清兵殺死。兒子也在拼殺中身亡。女兒仇恨滿腔、怒氣衝天，使雙刀如飛，最後將清兵全部殺死……

肯定有人告密。女兒望著父親說。陳玖石百思不得其解。說，陳氏久居此地，方圓內並無仇家，緣何無故來加害？後經多方打探，方知是邱文伯、邱文叔作的孽。這邱氏兄弟在向清軍密報東關空虛引軍入城的同時，又聯絡一批市井無賴向清軍告密，抄殺南明義士的家眷。陳門被滅，是邱氏兄弟的族人引清軍所為。邱氏是大姓，東關裡外聚居甚多。

這便是為何要說「託言與邱某宿有仇怨」了。如此深仇大恨，作為有武藝在身有血性的陳氏父女，豈會不思報仇！只是織里村是不可再住了。幸有退職在家的昔日同僚鄭某坦誠相幫，移居到十里外他所在的鄭港村，改陳為鄭姓，改陳玖石為鄭九，得以安頓。

下面的故事，可以想見。改名後的鄭九日裡種田，夜裡落草，專與東關邱氏作對。「聚眾焚宅」是肯定會做的，但不僅僅「劫其財也」。邱氏邁玉、毅甫、眾甫想必是族中有代表的三位長者。「鄭九之鄰」是誰呢？但凡人中之蠹蟲，哪個朝代任何地方都有的。鄭港村亦不會例外，「鄭九之鄰」便是。他的出現，邱氏三公是求之不得的，自然會以重金酬謝。卻苦了鄭氏父女和一班聚義的兄弟，成了奸人魔掌下的窠中之鳥。最慘的是鄭女了，不僅身首異處，身腿也異處了，被血淋淋地掛在了橋上……

●

人間是非的辨別，是各有各的標準的。邱氏後人邱從隆筆鋒一轉，將鄭氏判為「盜」和「賊首」。這樣，被梟是罪有應得，將鄭腿斬下來也說在他的「理」上。但為何要斬一個姑娘家之腿呢？這和魯迅先生筆下的四銘先生想著為女乞丐用香皂「咯吱咯吱」洗身似乎也差不多，只不過前者猥褻得殘忍罷了。想必這都是「道德君子」的作派。

我的演繹，是否是牽強，或者合理，自然由讀者諸君去評判。但有一點我得預先聲明，就是歷史本是人去寫的。像漢朝司馬遷這樣正氣的史官，就司馬遷一個！歪曲、粉飾甚至篡改，在歷代史書中比比皆是。方誌也是官書，是當政的官組織編纂的地方官書，其中有歪曲、粉飾甚至篡改之處，也是自然而然的事。

所以，我還要演繹下去的。也熱忱希望有更多的熱心者去不斷地演繹，為歷史多討回一些公道。

我已將花鳳橋關於花腿的考證和演繹出來的故事，寫進了我的《古橋誌異》。這本書由此而增色了很多。書肯定要出版的。有意者可打電話找老禾聯繫。老禾就是我。

芳園三醉

開場白

芳園不是園林。芳園是村。地處對於哪裡都屬於天高皇帝遠的三省交界，確切地說是宣、常、湖三州接壤處。三州之交，蹲一大山，名三州山。芳園就在三州山之陽。這裡山是連續起伏的山，林是松竹茂密的林，水是清澈甘甜的溪水，人是四方遷徙來的人。據說，本沒有芳園這個名。劉伯溫輔助朱元璋在南京坐下江山後，陪伴出訪故舊，途經此地小憩。朱皇帝坐於古松青竹林中，見清粼粼的小溪淌過遍地繁花茂草的山嶴，其間點綴幾座或蹲或立的太湖石，禁不住龍顏大悅，說山野僻地竟有勝過御花園的地方。劉伯溫便助興，說皇上就賜個名吧。朱皇帝沉吟片刻後，揀一利石，在一座太湖石上刻了「芳園畫溪」四字。劉伯溫笑說，此地往後必有個芳園村。

芳園背靠三州山。從三州山南坡往下腑視，芳園像個大腰子餅，嵌在山嶴之中，東西只有兩里。村中橫貫一溪，便是畫溪。溪水靜靜地向東流，流出山嶴的口子。畫溪兩岸是街，街是石板街，有三座單孔小拱橋相攜。橋依畫溪為名，自西向東分別叫上畫橋，中畫橋，下畫橋。橋面兩側生滿青藤雜樹，顯出古樸蒼老。三橋的兩堍都連接南北兩條石板路小巷。從而使芳園很有集鎮市井的派頭。民舍都是白牆黑瓦的平房或樓房。街面除了白牆黑瓦的基調，沿街或樓或平房門面都間有朱紅板障，是些大大小小的店鋪。往裡都伸得很深，三進、四進、五進不等。這樣的村莊市井，顯得很有古老悠久的歷史。事實上，明、清時期三個州的州府誌都大同小異地記載著：芳園，邊遠大村，煙火數百家，中有畫溪，三橋二街，市廛櫛比……看來古話並非說說而已。如今最顯眼的變化，是多了一些樓房。不僅是一般白牆黑瓦的二三層樓房，還有村邊綠叢中金黃琉璃瓦和有色牆壁的別墅。中畫橋北堍街巷拐彎處還聳起一座五層洋房，掛著「芳園朱明皇實業有限公司」的大牌子。於是就有了貼在耳邊的大哥大，經常開進開出的小轎車，鮮華的穿戴，塗得血紅的嘴唇和雪青的指甲……

這樣秀麗的世外桃源式的古村莊，有個實業總公司，似乎很不協調。其實也是勢在必行，不辦不成，沒有辦法的事。因為公司的第一個發起人是本村人侯德貴，人稱「煙醉」。誰讓他發現了這裡地下有煤地上有寶呢！

煙醉侯德貴

侯德貴本是西山煤礦的工程師。西山煤礦是個省屬國營大礦，因是在三州山之西，所以叫西山煤礦。離芳園有二十公里，隔著起伏連綿的山。芳園就只有侯德貴一人在那裡做事。他自小羡慕勘探者踏遍三山五嶽的浪漫生活，一恢復高考，他就自己作主，考進西北地質勘探學院，家裡人攔也攔不住。

侯家是芳園老戶、大戶。據老輩人世代口傳，是侯家祖上第一個發現刻著「芳園畫溪」那座太湖石的，還辨認出旁邊有一行小字：「朱明國瑞洪武己酉春」。這侯家老祖是元季屢屢中不了鄉試的老秀才，本是中原人氏，避亂到了已是朱元璋領地的三省都不著邊際的芳園落戶。他一看便知是塊聖石，是價值連城的寶貝。「朱明」乃朱元璋的明朝，「國瑞」是朱元璋的字，「洪武」是明朝開國年號，「己酉春」就是洪武二年春。於是在此安家，並將這座太湖石圈入院牆。因事關重大，又怕犯欺君之罪，故而在芳園外來徙居戶逐漸增多後，侯家老祖便用泥將字封住，外人只當是塊普通太湖石而已。直到了清朝，興文字獄，侯家人深怕此物有反清復明之嫌，便在一個沒有星月的漆黑夜裡，將這座聖石抬出去埋了。侯家老祖萬萬沒有想到，這個本該能大大沾光的東西，並未保佑侯家子孫，他這個老秀才也沒有能投下丁點書香門第的影子，此後世代務農，沒有出過一個文化人。

到了侯德貴這一代，大約是有條件了，或者說是大勢所趨，父母供他讀書，終於在芳園出人頭地。大學畢業，相當於從前進士及第了，也算是光宗耀祖了。侯家老祖沒有白惦記了那座聖石。但不知這座聖石埋在了何處，三四百年來一直是個謎。有人說，那本是子虛烏有的事，也有人說不盡然。不過，侯德貴的爺爺侯躍初深信不疑，七十多歲的人了，本來就愛囉嗦，可他盡在孫子侯德貴面前囉嗦明太祖的聖石。說要不是聖石庇佑，你也成不了大學生，催促孫子設法找到聖石，就是獻給國家，也是個貢獻。

侯德貴對聖石沒有興趣。這東西無形而世代流傳，對侯家是福。要真是有了，說不定就是禍呢。況且，那是國家文物，真要尋著了，自家也搭不上邊。再說，聖物是可遇而不可求的，豈是沒有緣分的人會見得到的！

侯德貴既然是煙醉，自然像對香煙情有獨鍾，他已記不起何時抽的第一根，好像是讀高中寄宿雉城縣中學時，抽過一根同學從家裡偷出來的「大頭雄獅」，嗆得要死，連說了幾聲煙有啥好吃！大四下學期，隨一個勘察隊野外實習，隊員個個抽煙，帳蓬裡總是煙霧繚繞的。侯德貴憋不住，往外逃，被隊員揪回去，非叫他抽一根不可，說否則就趕他走，不讓他實習。這當然是玩笑，可侯德貴卻看得很認真，就抽了一根。以後又有第二根，第三根，抽著也不覺得嗆了。在深山老林裡過夜，老隊員都擔著驚，何況是初出茅廬的學生。輪到值夜，就借抽煙壯膽，野獸怕火。侯德貴是實習生，可以不值夜。可他覺得很過意不去，主動要求值夜，也借抽煙壯膽，一班四個小時抽完一包，幾乎是一根接一根。實習完了成績優異，煙癮也十足了。分到西山煤礦公司地質處，儼然一副老煙槍的作派。不像一般資格嫩的後生，先將煙打一圈，然後自己點上。他除了第一天上班打過一圈，以後就再不遞人了。只顧自己抽自己的。那個時候，煙被譽為「開路先鋒」，抽煙不打圈，一輩子沒人緣。所以，侯德貴一直「助理」了十年，才評上工程師。可他一點沒有怨言似的，只顧默默地幹活，悠悠地抽煙。

地質處下轄由九個工人組成的地質隊，有一台鑽機，在礦區及周圍數十里範圍內到處打洞探煤。侯德貴多半時間在隊上，也在芳園村邊打過洞，總共打了四個，都在村西頭畫溪的出水口處南山坡上。據處長和隊長分析，只有一堆雞屎煤，沒有開採價值，就像朝尿盆裡撒完尿，滴在腳邊的尿星子。其間，侯德貴經常出入村子，星期天還約幾個談得來的到家聚餐，在以農為本的山村裡，這是很風光的。村裡馬寶山的妹妹馬金鳳，就是在這段時間裡死死愛上了侯德貴的。侯德貴和馬寶山，還有林開明，從小一塊跌打滾爬長大。馬金鳳是芳園一枝花，長得水靈，苗條。侯德貴後來娶了她，儘管自己也出身農民，但畢竟已是國家的技術幹部，討個農村戶口的女人做老婆，後患很多。但馬金鳳實在太漂亮了，待他又體貼入微，又那麼主動，他不能不衝動。第一次實在控制不住摸了她身子，發現她的肌膚比水還要柔滑。第一次被沖昏了頭做了那事。看到她的身子玉潔無瑕，如剝出的熟雞蛋一樣白亮。她柔美得貓一樣偎在他懷裡，說你要是蹬了，我就去死！於是，關於戶口，工作的後患就在其次了，他要一輩子愛這個女人了。

回過來再敘述煙醉的事。侯德貴因煙醉而出名，是在地質處、隊撤銷以後。礦區和礦區周圍該打的洞都打了，煤炭儲量並未多出來，實在沒有再打的必要了，只得散夥，另行分派工作。侯德貴調到公司下屬的東風岕礦生產科，分管煤礦地質。早已是煤井技術人員份內的工作，現又讓侯德貴管，便是個閒差使。侯德貴是閒不住的，就常常下井跟班。當時下井一個班的補貼下井費一塊兩角，也可補貼家用。那時，馬金鳳已是隨礦沒有工作的「臨時家屬」，又有了一個嗷嗷待哺的兒子。侯德貴就是在有一次下井上來洗澡時抽煙抽醉的。

其實，煙醉的事已有過好幾次。比如有一次在公廁裡大解，可能是蹲的時間長了，連抽了三根煙。到第三根煙抽了半根時，排泄完事了。他叨著煙擦屁眼，猛猛地大吸幾口，就一陣眩暈昏迷了。好在一會兒就醒了，一隻腳已踩在糞槽裡。還有幾次跟老婆馬金鳳有關。馬金鳳的身子太迷人了，侯德貴每次看了以後都激動不已，躁動異常。所以，除了正常範圍內做那事，平時很注意遮蓋，生怕男人那事做多了傷元氣敗身子。可也偶有疏忽的時候。倘若已經做過一次，或者剛剛升了井洗澡回來，馬金鳳也正好因洗身或換內衣裸著，侯德貴疲憊的身軀便突然間振作起來，精神也亢奮起來，抱住老婆渾身上下親，然後就做那事。等一完事便抽煙，絲絲地猛抽。有時醉過去，馬金鳳便灌他一口燒酒，令他醒了，又泡一杯滾燙的濃茶給他，讓他半躺著喝。碰巧到了吃飯時間，也不讓他走動，將飯菜端到床前，或者乾脆一口口餵他。所以侯德貴把個老婆珍貴得要命。

那次是井下出了事故，侯德貴夜班連早班，幾乎一天一夜沒有沾煙，癮頭膨脹得厲害。一進澡堂更衣室，頭件事就點上根煙，又在兩耳朵上挾兩根。他把身子浸在澡堂裡，雙手搓揉著，只露個頭在水面，半閉著眼愜意地過煙癮。待工友們一個個洗淨走了，他還浸著。在接燃第三根煙時，他覺得老對不準，跟著眼前一黑，就什麼也不知道了。是清洗池子的工人發現了他，幸虧靠著池沿，要不早淹死了。馬金鳳從未為他抽煙發過火，這次發了大火，發誓說若不把煙戒了，她就帶了兒子回芳園去，永遠不再見他。侯德貴也真的被震動了，說不把煙戒掉就誓不為人！侯德貴是做什麼事都很認真的人。煙真的被他戒掉了，可「煙醉」的名聲卻叫響了。

侯德貴在東風岕礦幹了幾年，面臨關閉轉業。因為礦區有的是石頭，且是上好的石灰岩，就決定改辦水泥廠。這段時間，是侯德貴一生中想事想得最多的時候，他想，在東風岕礦開了幾年，是最沒有意思的時光，改辦了水泥廠，就更沒有他的事做了。思前想後，他覺得還是離開為好，不是時興退休和下崗麼！可再做點什麼呢？他就回家和老婆商量。馬金鳳朝他動人地笑笑，說這樣大的事，我一個女人家是作不來主的噢。你覺得哪樣好就哪樣好了，我生死是你的人，你到哪裡我跟到哪裡。侯德貴聽了很感動，把老婆摟過來親親說，我生死也是你的人。

偶然的一個激靈，侯德貴想到了芳園的雞屎煤。他就趕往公司生產處，通過當年管技術的老同事，查閱當時的勘探資料。根據面積大致算一下，有二十幾萬噸儲量。他不敢貿然肯定，又把當年地質處的老處長請到家，好酒好菜招待一頓，然後問他芳園的雞屎煤到底有多少。老處長說當年推算過的，大概二三十萬噸。侯德貴問，值不值得開？老處長猜到了他的心思，說大礦開不划算，小窯開肯定有利可圖，因為垂深一百五十至兩百米就可見煤，且又是可採厚度。侯德貴就說老處長，我不瞞你了，我想下崗回去開窯。老處長說，與其閒著不如回去做點事，你正當壯年。

侯德貴就這樣領著老婆、兒子回來了。礦長勸過他，說侯工啊你別意氣用事，我想讓你負責採石廠呢。侯德貴笑笑，婉言謝絕了。回來的路上，他說金鳳，窩囊了半輩子，今天好像氣壯了，身板也直了。

酒醉馬寶山

侯德貴和妻兒在芳園村東頭要進村時，迎面碰見的第一人是馬寶山。這時太陽已經西斜，陽光從馬寶山背後照過來，他又腑首朝地，所以臉部陰暗，看不出有啥表情。

馬寶山並非來迎接妹子、妹夫和外甥的。他從上林岕回來，不知怎的把打火機丟了。仔細想來，好像進村時摸過口袋。雖然一次性的打火機一塊錢好買兩三個，他還是心痛他那隻扁扁的矮矮的光亮的打火機。他嗜酒卻難得抽煙，主要是待人的，所以打火機要備一隻好的。丟了，自然心痛。就返身一步一步往回找。找到村東頭，他一門心思還在地上，所以沒看見妹子、妹夫和外甥。是侯德貴先叫了他。

寶山，你低頭尋寶呀？侯德貴拍了他一巴掌。馬寶山猛受一驚，又沒思想準備，退了一步差點摔倒。說煙醉，你大包小包的搬家呀！他心情不好，直呼了侯德貴的綽號。侯德貴也回敬了他說，酒醉，你又吃醉了是吧。馬寶山說，啥呀，我準備戒了。馬金鳳就開心地叫道，哥哥戒了好！又問，戒得掉？馬寶山說，我也不曉得，戒戒看。侯德貴拍了馬寶山一下，說你要麼不戒，要戒就要痛斷指頭，戒戒看是戒不掉的。馬金鳳說，你看德貴這樣大的煙癮也戒掉了。馬寶山想笑沒有笑出來，就自顧自看地上了，侯德貴問，寶山你到底在尋啥東西？馬寶山便說丟了打火機。侯德貴說，一隻打火機丟了就丟了，我這隻送給你好了。馬寶山還不死心，說我再尋尋。你們這是……侯德貴就說，那你再尋尋，待會兒過來吃夜飯，有重要事商量呢。說罷招呼老婆兒子走。

馬寶山低著頭在地上搜尋，心裡卻想，有重要事，啥重要事？

馬寶山去上林岕是找林開明商量開石礦的事的。上林岕在芳園西面，過去是林姓聚居，地勢高於芳園，是晝溪的上流，所以叫上林岕。馬寶山聽說西山煤礦公司的東風岕礦要改辦水泥廠，便立即想到應該辦一個石礦。東風岕礦是西山公司下屬單位中離芳園最近的一個礦。改辦水泥廠必定需要石頭，芳園村四周有的是上好的石灰岩，開出來送貨上門必受歡迎。可是林開明對他的提議不大感興趣，說東風岕礦有的是工人，開石頭還怕沒有勞力？再說你馬寶山酒癮發起來就抵擋不住，醉了就糊塗，你一個酒醉糊塗還要開山?!林開明劈里啪啦幾句話說得馬寶山目瞪口呆，本來是找朋友商量大事的，沒想反被林開明嗆了一頓，氣得一跺腳返身就回。

馬寶山要戒酒的念頭，就是氣急敗壞返回芳園途中跳出腦際的。

馬寶山的酒癮是自家釀的紅酒練出來的。馬家紅酒稱得上是芳園村一絕，在周圍村莊、山岕也很有名氣。酒色橙紅，入口微甘，後勁卻足。

馬家也芳園老戶，祖上來自浙東。據說芳園村種水稻從馬家老祖開始。沿溝開出梯田，雖面積不多，但夏秋兩季收成飽肚綽綽有餘。便將多餘糧食釀酒自用，年節邊分送鄉鄰。後來鄉鄰也學種水稻，溝邊開出幾分水田，有些收成，在常年主要番薯、苞米之外調調口味，留一些學馬家釀酒法做幾罈紅酒。但各家所釀終比不上馬家紅酒來得純，來得甘，來得後勁足。馬家後來在下晝橋北堍街邊開了間酒店，店名「一壺醉」，掛「馬家紅酒」的幌子。因是大村，又是三州山南東西必經之路，所以生意蠻興隆的。「一壺醉」在土改時歸公，改為供銷社下屬店。因馬家紅酒名氣大，供銷社仍採購來零賣。馬家主脈雖劃作了地主成分，在天高皇帝遠的三州山地區，卻允許釀酒，這恐怕是獨一無二的特例。到了八〇年代中期，又掛出了「一壺醉」的店額和「馬家紅酒」的幌子。由馬家嫡傳馬萬谷、馬文田父子主持，算是村辦第三產業。馬萬谷是馬寶山的爺爺，馬文田是馬寶山的父親。馬寶山練出酒癮來也是自然而然的事了。但他卻沒有他爺老子吃紅酒淺嚐輒止的自製能力。一吃就止不住，就醉。醉了總是犯糊塗，十元票子當兩元，五元票當一元。錯進當然不會，人家沒醉也不糊塗，只有錯出。一天幾十塊的小生意，能經得起幾次錯呀。所以，酒店由他老婆阿英撐持，有時娘老子過去幫把手。馬寶山是不允許插手的。這是他爺老子立下的規矩。

馬寶山也沒有怨言。山林田地總得有人管，他就管家裡的山林田地。他私下裡對阿英說過，一個大漢子立櫃台是娘娘相。阿英就笑笑。馬寶山心裡曉得自己的毛病，一聞到酒香就控制不住，辛辛苦苦賺的鈔票平白無故錯給人家，也心痛的。反正收工回家，有酒煞癮也可以了。家裡有老婆有娘老子管著，也不大會醉。有時晚飯時，見他饞嘴的可憐相，老婆和娘老子也會發一發慈悲，叫他偶爾醉一回。然後夫妻倆關進內房嘻嘻哈哈打鬧，外邊的老兩口聽著還樂呢，他們正巴望著再抱個孫子。

馬寶山沒有讀多少書，他沒有侯德貴的家庭環境。侯德貴的爺爺侯躍初祖上還有些詩禮傳家的遺風，且代代相傳，所以都還識幾個字，有讓子孫讀書考舉的意識。馬家不同，老爺子馬萬谷就是個文盲，因有家傳釀酒秘法和做買賣的傳統，開店經商的意識重一些。

在二十世紀七〇年代，倘若沒有特殊的壓力和自我意識，書肯定讀不下去的。就如馬寶山，讀到中學就遠遠落在侯德貴後頭了，中學沒讀完便輟了學。這在芳園，在芳園周圍的村莊、山岕，是普通的事情。上林岕的林開明又不同，他迷上了書畫，雖然是農民，卻是市美術協會的會員。所以，馬寶山在芳園頭一個信服的是侯德貴，第二個便是林開明。

晚上在侯家的飯桌上，馬寶山才明白今天侯德貴為啥大包小包拉家帶口回來的原因。就說，德貴，你是渾了還是啥啦，放著鐵飯碗不捧，回來搞單幹，呆不呆呀你。

侯德貴怕馬寶山醉了談不成事，備的是啤酒，脹破肚皮也醉不倒他。給他添滿杯說，寶山，一時三刻也講不清，我先問你，你相信不相信我？馬寶山瞪直眼睛說，相信的哪會不相信？我頭一個相信的是你！侯德貴就說，既然相信，明朝跟我一道到上林岕去找林開明共商大事。

馬寶山把一杯啤酒灌進肚裡，又倒滿杯說，去過了，開明不想幹，他要弄茶園。開明是寫寫畫畫的坯，前一陣又迷上了太湖石。聽說那種石頭造公園派用場，好賣大價錢。侯德貴拍一下桌子說，這不就有門道啦！其實我們三個全想在一道啦！開明是信不過你才氣你的。馬寶山嘿嘿笑了說，這倒是的，我們三哥們兒算我頂沒出息。德貴你分派好了，叫我做啥就做啥。

侯德貴說，要麼不幹，要幹就像模像樣正經幹，辦公司，說著又給馬寶山倒啤酒。馬寶山卻捂住杯子不讓倒，說德貴你做做好事吧，換一種酒吃吃，吃啤酒脹肚皮。

正好馬金鳳端菜上來，哥哥，你不是要戒酒嗎？馬寶山嘿嘿笑說，慢慢戒麼，今天高興，侯德貴已拿來瓶半斤裝的口子酒說，寶山啊，應該戒醉，而不應該戒酒，適當喝一點酒有好處，人有自控力才會有出息的。馬寶山滋滋味味喝了一口燒酒說，我會的。

茶醉林開明

前面忘了交待，林開明也有個綽號叫「茶醉先生」。並非茶能像煙酒那樣醉倒人。這個「醉」是傾心、醉心的意思。林開明十分沉醉於他的茶園。

林家原本也住芳園，和侯家、馬家一樣都是外路人。只是因為要便於採茶的緣故，沿畫溪向上徙居。後來又因外來人聚居和繁衍，逐漸發展為現在的上林岕村。上林岕現在是芳園村的一個自然村，自然以林姓居多。當初多半從事採製茶葉。上林岕這個地方地勢高，西畫溪南側的洞山坡緩而高，特多野生茶樹，所產茶葉比外面遲兩個節氣，人家清明前開始採，這裡要立夏邊才摘。因受天地之氣時間長，茶芽粗枝大葉，茶味就更清更醇更厚。據說在明清時還十分有名，官府的朝廷都視之為上品，稱為「岕茶」，以至林家很受官府恩澤，府、縣都有牌匾相贈。記得有一塊門匾叫「岕茶仙家」，是清代雉城縣知縣送的。後來，岕茶漸漸衰敗，與之相關的逸事也成為了傳說。

當有一次林開明津津有味地說這些的時候，馬寶山不經意地說，開明吹的吧。侯德貴半信半疑問開明，是不是真的啊？林開明則信誓旦旦，說真的有根據的。他的根據是一本破舊的線裝書《岕茶箋集》，裡面有馮可賓的《岕茶箋》、熊明遇的《茶疏略》、鄭圭的《岕茶地考》等等，都是明代的地方官寫的。林開明翻開這本破爛的黃裱紙線裝書，點著熊明遇說，這是明代的雉城縣知縣，相當於現在的縣長，他就專門寫了岕茶。也果然是，熊知縣還是岕茶的發現推廣者呢。那個湖州府推官馮可賓還評價說：「雉城縣茶葉獨上林岕最勝上林岕者獨洞山土地廟後者最佳。」這就不由人不信了。所以，林開明就自豪地聲稱，書裡說的土地廟後，就是現在我家後面那片茶園。這片茶園以前零零落落，自林開明的爺爺林正泰開始，至林開明手裡，已經被拾掇得像樣了，綠茂茂的一片，約半畝地大小。林開明乾脆稱它「岕茶園」。七〇年代末恢復高考，林開明之所以沒有和侯德貴一道去考，就因為他捨不得離開這片茶園。後來林家又開出一塊坡地，引種這種茶樹，林開明就把新茶園叫作新岕茶園。

林開明「茶醉」的綽號，是侯德貴和馬寶山分別有了「煙醉」和「酒醉」之，共同為他取的。侯德貴說，開明你該叫做「茶醉」。馬寶山趁火打劫，說開明你文縐縐的，還是叫「茶醉先生」好了。林開明卻說，我本該有一個的。於是一傳兩傳，竟然叫響了。

林開明就像是從前那些不願科考做官的舉子，但又不同於他們不務實際的清高。他很有韌性和柔性，兼而具備藝術家和實業家的雙重品性。他從小就寫一手好字，喜歡畫畫，這在七〇年代裡很有用武之地。而他的悟性遠遠超越了宣傳上的寫寫畫畫，自從得到幾本碑帖後，又悄悄走進了藝術的殿堂。在他看來，練字習畫和侍弄茶園簡直異曲同工，相映成趣。當藝術園地和茶園在他心目中渾然一體時，他已經不是一個普通的農民了，所以，他不可能有和馬寶山那樣的直奔主題一錘子賺錢思路。當馬寶山來和他商量開石礦時，他的眼光已盯在芳園周圍山中隨處可以看到的被稱「太湖石」的石頭上了。太湖石具有皺、瘦、透、漏的自然造型，本身在就是天然藝術品。

馬寶山無法理解林開明。可侯德貴理解林開明。侯德貴不僅猜透了林開明的心思，還肯定馬寶山的簡單想法，又將二者一同歸入到自己越來越清晰的大思路之中。

侯德貴和馬寶山突然出現在岕茶園用荊樹條圍籬的園門口時，林開明背著身站在茶樹叢裡。清晨的陽光在他的後腦勺上碰撞出閃亮的光芒。是秋高氣爽的季節，茶樹經盛夏的生長，已抽出肥厚的嫩綠的雀舌。林開明正盤算摘秋茶的事，當馬寶山喊了他一聲時，他冷不丁驚了一下，立即辨出是馬寶山，心裡便襲上來一些煩躁。回過身見侯德貴也在，心裡又劃過一絲狐疑，心想德貴也要開石礦？工程師不是當得好好的麼？

這時，馬寶山衝林開明說了一句，開明，德貴辦了下崗。林開明吃了一驚，說德貴你是工程師呢，哪會下崗呀？侯德貴笑笑說，咳，現在的潮流是鐵飯碗難端，端不牢。工程師怎麼啦？篙子當扁擔，用長了多餘！林開明說，昨天寶山講要開石礦，我還以為東風界礦改辦水泥廠，寶山要通過你銷售石頭呢。馬寶山連連說道，不是的，不是的，昨天從你這裡回去，才碰著德貴和我妹妹我外甥大包小包地回家。

侯德貴便把為什麼要辦下崗對林開明說了一遍。林開明就問，下一步有啥打算？總不見得回村看山管田嗎？馬寶山正要開口，被侯德貴止住。侯德貴說，有一些設想，這不是來和你商量麼。

三個人說著話到了林開明家，是一幢三開間三層別墅式樓房，坐落在西畫溪北岸山腳，周圍翠竹綠樹掩護，黃牆金瓦顯得十分耀眼。

侯德貴說，開明你日子過得好滋潤呀。林開明哈哈一笑說，德貴休要取笑，家家有本難念的經，我正愁摘秋茶的人手呢。又指指門前蹲著的幾座太湖石說，這些好東西，一時三刻也弄不出去。侯德貴便伸開兩臂，攬著林開明、馬寶山說，走走走開明、寶山，進去好好商量商量這些事。

林開明的老婆月蓉腰上吊個簍子，得得索索一副採茶女的裝束，正要出門，見勢趕忙退回，招呼客人，又泡出三杯清茶來。茶葉碧綠，茶水微黃。待茶葉展開，一芽兩葉朵朵朝上豎立。林開明說嚐嚐看，這是我精心炒製的頭道岕茶。馬寶山喝了一口咂咂嘴，說真香，昨天為啥不泡給我吃？林開明說，昨日是我泡的，你是常客麼。月蓉笑著說，你把阿英帶來我一定泡的。馬寶山說，看來我只有沾光的份了。

大家說笑一陣，轉入正題。侯德貴簡單敘述了下崗的經過，又說了自己的設想。他說，開明，芳園目前還是塊沒有開墾過的處女地。這裡東西南三面通三省，往南的公路僅十幾公里就接上國道，去縣去市都方便。芳園及周圍地方資源豐富。這地下有塊雞屎煤，我核算過有二十多萬噸，可以辦個煤窯，日產五十噸可維持十年。這地面到處有石灰石，質地勝過東風岕礦區，趁早開採以現料待東風岕礦水泥廠開張。這山裡隨處都有玲瓏剔透的太湖石，只要挖出來運出去就是鈔票。還有馬家紅酒，還有茶葉、板栗、白果、青梅、藥材等等土特產，哪一樣不是生財的東西？可是憑單家獨戶哪能夠……說到這裡，侯德貴煞住，用徵詢的眼光看著林開明。

你的意思，是不是聯合起來開發？林開明有些激動，他說，你再講透點。

侯德貴於是說，註冊辦公司，辦股份有限公司，開發礦產、太湖石、馬家紅酒、岕茶、土特產。以礦業為先期開發產業，積累資金，太湖石、馬家紅灑、岕茶以及其他土特產可長期開發。林開明這會兒已經很激動了，他喊了一聲，德貴，我林開明自以為在芳園村也算一個角色，茶醉先生也名不虛傳，想著太湖石更是我獨具慧眼。今天聽君一席話，勝讀十年書啊！我服了你了，德貴，辦公司我哪會想不到呢！說罷連聲叫月蓉。

這時，月蓉拎了一大籃菜，急衝衝地進來。三人相互看了看，都放聲笑開了。

開場白的補充

芳園朱明皇實業有限公司就這樣辦起來了。

說到公司的名稱，還要補充交代一個細節。侯德貴和妻兒回芳園，是徑直去了自己家。他在上畫橋北堍，是老式的白牆黑瓦兩層房。本來上畫橋到中畫橋都是侯家的房產。土改後只留下上畫橋三間樓和中畫橋三間平房。侯德貴和妻兒進村後，碰見人總停下來答問幾句，所以一千來米的路走走停停，耗去個把鐘頭。本想到中畫橋先去拜見爺爺和父母，也只好另作打算了。第二天一早又去了上林岕，等侯德貴下午回到家，爺爺、父母都已怒氣沖沖坐在堂屋裡。

馬金鳳忙不迭跟隨丈夫使眼色。侯德貴看她有些嘻皮笑臉的樣子，心裡就不怎麼著急了。隨手將一包茶葉遞給老婆，說開明給的頭道岕茶，給爺爺爸媽泡一杯。說罷站在一邊不作聲了，心想還是先讓你們罵我一頓再說吧。

父親先開口，說，德貴，你眼裡還有長輩嗎？這樣大的事，也自拿主意了！接著母親說，工作十幾年不可惜呀你？書也白讀了。最後是爺爺說，德貴，你年紀還輕，退休還早，到底是為啥？你倒講講看。

侯德貴就說了原委。完了又說，你們起啥勁呀，我是不想虛度光陰，是要正正經經做些事。三個老人都被說得沒有聲了。侯德貴問，爺爺我想問問，大明皇帝朱元璋在太湖石上刻「芳園畫溪」這事是不是真的？這一問，侯躍初老人來勁了，說祖上一代代傳下來，哪會假！這是侯家的寶，老早時還在牆圈裡呢。你不是要開發麼，一定要尋著這個寶貝。侯德貴說，爺爺你放心，尋得著自然要尋的，現在我倒想先用來給公司取個名……未等孫子說完，侯躍初搶先說，可以，哪會不可以，就用「朱明皇」這名，牌子打得響，叫芳園朱明皇……啥啥公司好了。

芳園朱明皇實業有限公司辦了幾年，還真可以，已成為總公司。現在總公司下面有煤礦、石礦、馬家紅酒廠、太湖石開發中心、岕茶廠、乾果廠、芳園大酒樓、畫溪賓館等實體。現任董事長兼總經理侯德貴，林開明、馬寶山為副董事長兼副總經理。三位夫人，馬金鳳是乾果廠廠長，月蓉是岕茶廠廠長，阿英是馬家紅酒廠廠長。還特聘侯躍初、馬萬谷、林正泰三位爺爺做顧問。據說顧問是世襲制，永不更改。

大潦

落生劃著菱桶到那幢還來不及粉白的「赤膊」二層樓前時，曉蘭正給小毛頭餵奶。外邊雨聲很大，淹沒了一切聲響。連眼前小毛頭嘬奶和吞奶的聲音也聽不見了。這是曉蘭平日裡最喜歡聽的聲音，叭吱——咕，叭吱——咕……這美妙動聽人間喜調猶如天上的仙樂，這幾日卻被大雨無情地吞噬了。

大雨嘩嘩地下著。雨鞭抽打著落生的雨衣和漁褲，嗒嗒地濺起水花。菱桶裡積起沒踝的水，兩條胖頭鰱歡歡地翕動腮翼，翹躍尾鰭；幾把蔬菜蔫蔫地飄浮青葉。落生大聲喊著曉蘭，用力朝臺門裡撐去。

落生已經第三趟來了。

昨天第一趟來時，水已沒上門前臺階。這地方小港小漾網織一片片水田、一塊塊旱地。連日暴雨，去路已溢，水便在原地靜靜地往上漲。村裡進水的人家大多轉移到了處高地的村校。落生一家也都轉移了。來叫曉蘭趕快走，曉蘭死也不肯。落生問：「你為啥不肯走哇，大水無情呢。」曉蘭抱緊了小毛頭，說：「落生你又不是不曉得，文壯就困在這房子底下，我能不管他自顧自走麼？」落生就沒有話了。他朝堂屋正牆上的文壯遺像看了看，愣了好一陣，才嘟噥：「文壯走了也快一年了，我對你苦口婆心說過多少次？」曉蘭說：「不是，你對我好我曉得，可我心裡過不去這個門檻。」落生又沒能話了。心想，這樓基礎打得深，水泥沙漿也灌得實，造得堅固一定無事的。便不聲不響把樓下一些東西往樓上搬。

落生一趟一趟往樓上搬著東西，心卻一拎一拎地起落不停。他和文壯、曉蘭是一道大起來的夥伴。他也喜歡曉蘭。可曉蘭後來嫁給了文壯。那時，文壯在部隊升了連長。曉蘭從小崇拜軍人。落生便酸酸澀澀地參加他們的婚禮，回到家鑽進被窩偷偷地哭了一場。這以後，他把對曉蘭的愛埋進了內心深處。沒想文壯這麼年輕就去了，而且在去前給他寫的還來不及寄出的信裡，就想到了自己會去，把曉蘭託付給了他。落生是在部隊見到這封信的。當時，曉蘭已有八個多月身孕，部隊首長怕她承受不了這樣大的打擊，按遺信的意思先通知了落生。落生也不敢驚動曉蘭，一個人趕到部隊所在的抗洪前線。文壯是在那兒搶救災民時被洪水捲走的。落生捧回來的，是文壯生前穿的衣褲和用品。那個包袱落生一直藏在自己家裡。曉蘭卻在為丈夫高興，為即將出生的孩子有個英武的軍人父親感到自豪。

這些，落生從她的神態、談吐中深深體味到了。同時，心裡有如刀割似的劇痛。曉蘭終於分娩了。小毛頭快將滿月了。曉蘭就給文壯寫信，信中洋溢無限喜悅和幸福。落生只好模仿文壯的字，用文壯的口氣給曉蘭寫信。他猜到了她是向文壯報喜訊了。信寄到部隊，請部隊的首長再寄給曉蘭。部隊同時也把曉蘭寫給文壯的信轉寄給了落生。這封信落生看了又看，他看懂了一個軍人妻子對丈夫深深的愛，看懂了曉蘭有一顆水晶般透明的心。她告訴他，孩子叫文曉，是她與文壯的聯名。落生因此默默地流淚了。擺過滿月酒，曉蘭要去部隊。說洪水也抗好了，該讓他看看兒子了。落生想再也瞞不過去了，便戰戰兢兢告訴了她文壯的真相，又把文壯的遺物和烈士證、撫恤金放到了曉蘭的面前。曉蘭起初死不相信，待見這些東西，兩眼一翻就昏倒了。一會兒醒過來，她淚水滂沱，又無聲飲泣。日落月升，又月落日升，她還呆呆地坐著，捧著那堵遺物。淚卻乾了，抽泣也止了。她叫了聲落生，說落生把你東西埋了，埋在堂屋正面牆根下。新樓已經立起，是落生一手操辦的。落生便順從地掘開地皮，把文壯的東西埋下去。未待粉牆，曉蘭就搬進去住了。她說要陪伴文壯。沒幾天工夫，水就淹上來了……

落生第二趟來是昨天下午。水已沒上臺階從門檻進入堂屋，屋內已經漾水。曉蘭正用預備好的蛇皮泥袋堵水。落生就問：「啥辰光弄來的泥袋？」曉蘭說：「上半日你走後裝的，有備無患麼，這不是用上了！」她說得軟軟的，話音卻充滿剛毅。說罷撩起衣襟揩臉上的汗。落生心裡一陣難受，說：「曉蘭我載你走吧，你不走我不放心呀！」曉蘭還是軟遝遝的那句話。又說：「落生你曉得的，我要陪文壯的。」落生說：「曉蘭我曉得文壯心思的，他是一定要叫你離開的！」曉蘭睨落生一眼說：「我不走，你要是記著文壯，就相幫弄些菜來，你看雨也止了。」落生進屋，見文壯的遺像在黑框裡肅穆地微笑。遺像下的長幾上供四盤果點。落生說：「曉蘭，屋裡進水了，讓文壯上樓吧？」說著要摘遺像。曉蘭搖搖頭，說：「落生你別動，文壯的魂在下面，身子哪好離開！你看雨也止了，水不再漫上來了。」

雨是止了，天還稀少地開了眼，照下一片陽光，金晃晃的把浩渺的水面映得波光粼粼。蒼穹裡塞滿潮悶烘熱。曉蘭終於把門檻外的水堵住了，渾身已被汗水浸透，襯衣緊裹住她依然姣好的身段。隨著動作，胸前豐滿地跳動。落生偷看了幾看，心口撲通了幾下。曉蘭說：「你看我做啥，有啥好看？」落生說：「好看，就是好看。」曉蘭就睨他一眼，說：「落生你休要呆了，大姑娘有的是，我是殘花敗柳了，不值得你珍貴。」落生說：「不，我喜歡，我樂意，文壯託付更讓我放心大膽。」曉蘭便不再做聲，顧自己淨手洗臉。而後走上樓梯，這才回頭叫聲落生，說：「你去吧，去照應你娘老子，還有我娘老子，叫我哥哥嫂嫂多上點心。」說罷別轉頭上樓去了。落生茫然地望著她的身影消失在樓梯轉彎處……

落生好不容易將菱桶撐進門裡。嘩嘩的雨聲沒有了先前的劇烈，變得沉重，巨響卻依舊鋪天蓋地從四方圍襲過來。昨晚就預報今天仍有暴雨。所以落生一早劃菱桶去地裡拔了些已半淹的菜，魚是碰上了捉的。猛聽得喇叭裡喊：村民們注意，因開閘洩洪，水位還要上漲，請務必全部儘快撤到學堂集中……便猛一激靈，迅速跨入菱桶劃過來。半路上大雨就下來了。水面穩穩定地上漲，只見桑樹、楝樹、柳樹們矮下去，又矮下去。

水已浸到第四級樓梯。落生把菱桶拴好，喊著曉蘭跑上樓去。只見眼前白晃晃的一坨，在那白晃晃的肉坨峰尖，小毛頭的小嘴痛快淋漓地吮吸著。落生眼便定住，身便僵住，呼吸便急促。猛地，他意識到看了不該看的。便背轉身，心還跳著，就又喊了聲曉蘭。

曉蘭聽到落生喊她，抬頭見他背著身。初一愣，隨即臉一紅，心也跳起來，隨手扯了扯衣襟，說：「落生你轉過來呀。」眼便盯著他那因雨衣漁褲而更顯壯實的身軀。落生轉過身，正碰著她的目光。她那目光有些熱，臉還微微泛紅。她的目光先避開了。落生又在她那隆起的胸部上、仍舊外露的暗紅色乳暈上和小毛頭的小嘴上匆匆劃過一瞥，便有一種恬靜而溫馨的感覺襲上心頭。

「雨下得太大，在樓梯上喊你都聽不見。」他大聲說，看著她。「小毛頭吃奶的聲音近在耳邊也聽不見呢。」她也大聲說，抬頭瞥他一眼，見他目光灼烈，趕緊逃開。

落生：「水沒上來了，載你走吧？」

曉蘭：「不走。水沒上樓也不走。」

落生：「為啥？要尋死呀！」

曉蘭：「就尋死！」

落生：「到底為啥？」

曉蘭：「為文壯，明知故問！」

落生：「小毛頭呢？」

曉蘭：「跟他爸囉。」

落生這時看到了她一副視死如歸的面容，只是眼光還熱烈著。就說：「文壯不讓你尋死，你這樣子對不起文壯！」

「我曉得。」曉蘭說，「文壯把我託給你了，但我要跟他去麼。老天爺給我這個機會，我去得成去，去不成就聽他的話，終生託給你。」

落生語塞，心裡也堵得厲害。面對這個柔弱中裹著剛烈氣的女子，他束手無策了。暴雨聲鋪天蓋地地圍過來，震耳欲聾。落生想，已經勸不轉她了，現在只能強制手段了。

落生和曉蘭這樣對峙著的時候，樓下傳上來壓過雨聲的誓詞：

「連長，我們來看你來了！連長，你的家鄉遭受洪災，我們緊跟著你，又奔赴到抗洪前線了……」

落生和曉蘭同時一愣，又似乎是同時地走下樓梯。只見十來個解放軍戰士在水裡站作兩排，朝文壯遺像舉拳發誓。救生衣臃腫地裹在他們已經濕透的迷彩軍服上。但他們一個個精神抖擻，軍衣的綠和救生衣的火黃織成如畫的莊嚴。落生和曉蘭同時靜靜地佇立在那兒了。他們朝曉蘭說：「我們是文壯的戰友。」曉蘭兩眼淚汪汪的，放聲哭起來。

隊伍中有人喊道「向嫂子敬禮！」隊伍便在嘩啦嘩啦的蹚水聲中轉過隊形，又齊煞煞舉起右拳，齊聲喊：「向嫂子敬禮！」

曉蘭止了哭聲，抽泣著連說了幾聲謝謝。

門外廊簷下泊著幾艘皮艇。兩名戰士過來攙扶曉蘭，指指文壯的遺像說：「文連長命令我們送嫂子離開險境。」

曉蘭看看戰士，又盯著遺像，猶豫著。落生已利用這點時間上樓理好曉蘭和小毛頭換洗衣服，抱了小毛頭走下樓來，催促曉蘭快走。曉蘭被動地順從了。

這時雨止，耀人的日光從狹窄的濃雲縫裡射下來。落生劃著菱桶緊隨曉蘭的皮艇後面，看著她烏黑的頭髮在日光裡亮著金色的瑩光。文壯的遺像靜靜地躺在落生的身邊……

堅實的堤

李萌頂著浪朝前游去。突然，一個浪頭劈頭蓋腦打來，頓時眼前發黑，身子下沉。兩手便胡亂揮舞，兩腳用力亂蹬……

「你做啥呀，睏覺也不安穩。」妻把他推醒，怪嗔道。

李萌坐起來，汗涔涔的。瞪大眼睛看著妻子：「是夢啊，以為真要淹煞了。」

妻子忙用手捂著他嘴，又怪嗔：「啥格淹煞勿淹煞，呸呸，勿怕晦氣！」說著貼過身去。妻子是填房，尚年輕。

李萌的前妻是他早年插隊那地方大隊支書的女兒。那地方在苕溪邊，叫溪灣漾大隊，現在叫溪灣漾村，是溪灣鄉的駐地。她在那裡也算是一枝花。他們結婚不久就離婚了。這不怪李萌。李萌大學畢業分到縣機關，回鄉接她進城。她不願意，就提出離了。天曉得是為了啥。李萌後來琢磨了好多年，還是琢磨不透她的心思。後來《小芳》的歌唱遍中華大地時，李萌曾時常想到她。她叫美娥。那個地方傍苕溪。大堤高高地衛護著村子和萬畝良田。

這時，窗外大雨滂沱起來。入霉以來，大雨連旬，幾乎沒有間斷過。這又下了一夜！「來吧，這趟出差要好幾日才見面呢。」妻子聲音已經發顫，溫柔的小手在李萌身上忙碌起來。

李萌開始並無情緒，經不起妻子的撩撥，便有些想要。他看看臥室雪白的壁、棕紅色的裝飾、豪華的琉璃吊燈，聽聽屋外嘩嘩的雨聲，心想：這種時候，最可人處是上席夢思溫柔鄉了。他就翻身摟過妻子。妻子立即嬌聲嗯起來。正要進行時，電話鈴響了。

電話是縣委值班室打來的，通知李萌七點半參加縣委緊急會議，議題抗洪救災。李萌是常委宣傳部長。

剛上來的情緒隨即煙消雲散了。李萌坐起來穿衣。

妻子拉住他：「勿能好了再走？」她望著丈夫，目光裡盈滿哀求。

李萌捋開妻子的手，拍拍她臉，說：「溪灣鄉快要沒掉了，還有心情呀，實在對勿起了。」

李萌亂澆了兩捧冷水，用乾毛巾擦兩把，頭也不回地出門了。

在部署全縣抗洪救災的常委會上，李萌選了溪灣鄉作為他所負責的宣傳部的聯繫點。李萌並不是事必搶先的人，他懂得深思熟慮的好處。這回他竟不假思索地搶先要了溪灣鄉。溪灣鄉是重災區，沿苕溪二十多里的堤塘，自古被稱作「險塘」。李萌會後尋思，這樣選擇真有點鬼使神差。

李萌就鬼使神差地上路了，宣傳科黃科長、理論科陳科長，還有秘書小吳隨行。如瓢大雨一路下著，隔了車窗，似把人也澆透了一般，心裡惶惶的，眾人都沒有話，惟有各人身上的雨衣雨褲不時嚓嚓嚓嚓的聲響。小麵包上了堤塘，只見滾滾黃水已高出地面許多，堤下田疇已一片汪洋。李萌本已惶惶的心就收緊許多，身子也顫了幾下。吳秘書問：「部長，不舒服？」李萌搖頭，心裡在想，美娥家不知哪樣了？

要不是大水，李萌恐怕不會念及美娥一家。二十多年了，除了流行《小芳》歌那一陣，他想到過自己是否也做了負心漢，後來又釋然。歌中的小芳不是譴責離她而去的那個男人，而是發洩久積的愛戀的哀怨，如同舊時徒勞地忠於愛情的癡女怨婦，後又得到現妻的柔愛，便漸漸淡忘了。忘卻的是被歷史誤會了的一段因少年的朦朧面噴發的激情。

美娥是苕溪吳女渡口浪裡的白條。一根竹篙一支櫓，把渡船搖得快如風慢似雲。嬌巧健壯的身影常常踏了歌聲在碧水柔若綢緞的苕溪上來回穿梭。李萌和一夥知青喊一聲：「過港嘍！」柳蔭裡便蕩出一艘輕舟，牽出夜鶯般的歌喉：楊柳青青溪水平，有口無心唱歌聲；東邊日頭西邊雨，道是無晴也有晴……當時李萌便想起聽來的關於吳王嫁女的掌故來。吳王為平息這裡的水患，用女兒取悅於龍太子。水患平了，美麗的公主再也不能上岸回家了。傳說吳王送親的樓船在這兒過了三天三夜。後來便有了「吳女渡」的叫法。

吳女渡在寬闊的溪灣漾口子上頭。渡口處狹窄。天目山千萬股支流匯成的苕溪水徐徐南來，在吳女渡口擠擠而過，進入溪灣漾，折向東去。這裡常年流水急於他處，撐渡船必是浪裡好手。美娥自小在浪裡撲騰嬉鬧，練就一身水上功夫。省青年體訓隊一位游泳教練路過這裡，見到了驚險生動的場面：一群丫頭少年正在遊戲比賽追船。他們將船在吳女渡中流放開，然後一字兒排開，一聲「追！」便一齊朝前游去。只見一個丫頭箭一般竄上前，將競爭者遠遠拋在後頭。沒一會兒工夫，已站到船頭，唱起「楊柳青青溪水平……」，從溪灣漾面上悠悠地搖過來。這個丫頭就是美娥。游泳教練說要她了，帶到省城。但美娥見泳池上下都是些只穿泳裝的大姑娘、小夥子，男的那一段梗顯著，女的凹凸有形，她羞得面如紅布，逃了回來。

李萌後來親身領教了她水上功夫。那次山洪翻滾流急，李萌和另兩名知青過渡，船在中流被沖翻。李萌不會游泳，一下子衝開很遠。美娥一個猛子潛衝過去，把李萌從水下拖上來，李萌已經憋了氣。美娥當過赤腳醫生，懂些救護知識，用手給他做人工呼吸，看著不行，又腑下身去用嘴做。終於把李萌那口憋著的氣給緩過來了，哇地吐出一腔水來。可這以後美娥有好幾天不露面。她娘告訴李萌，她聽到了村裡有人嚼舌頭，說這不等於吻男人香嗎，羞也羞死，就不敢出門了。李萌想自己的這條命是美娥給的，該去勸導幾句，就去了支書家。

這一去，便做成了上門女婿，結婚那日美娥說，當時救你真的不是為今朝。李萌說相信。不過早就喜歡上你了。李萌說我也喜歡你。兩人就很激動地抱在一起了……

●

車子在泥濘中顛顛顫顫朝前開去。李萌的思緒還在回憶的門口徘徊。這裡管招女婿叫搨爛泥，在家裡沒啥地位。可美娥從不以李萌是搨爛泥的，李萌也沒有絲毫搨爛泥的感覺。他們平等互愛地過了年把農家夫妻生活。李萌尋找不出其中的裂痕在哪裡，天曉得她為何要拒絕。

吳女渡過快要到了。李萌真想此行能意外地解開她心中的秘密。

前面有人影晃動。密集的雨簾把一切都封在朦朦朧朧之中。車卻戛然停下。攔車人一身雨衣雨褲，渾身津濕，一面大聲喊前面已不通，一面指揮小麵包拐進吳女祠園門。這一段堤略寬。原有座小山包，學大寨那幾年修堤時給挖平了。原來土地堂一般大小的吳女祠也拆了。改建為過路涼亭。李萌當年為之流過汗，熟知這個地方。沒想竟重建了吳女祠，而且大好幾倍。李萌問明情況，是吳女渡口堤壩決口，心頓時拎起。連忙招呼眾人下車前往，又叫駕駛員卸了速食麵和蛇皮袋，把車開回去。

決口丈把寬。滾滾的黃水洶湧地灌入已是一片汪洋的堤內。去年在電視裡看到長江洪水的險情，現在就在眼前了。決口處的架子上，兩個穿迷彩服的戰士正揮著大錘打樁。周圍，軍民混雜著，用竹筏、門板攔水，傳遞蛇皮泥袋堵決口。傳遞蛇皮袋的排作長龍，沿著堤腰一直排到吳女祠背後。裝袋的土是從那兒掘的。

吳秘書問：「李部長，要不要尋著鄉、村幹部？」

李萌沒有直接回答。轉眼看了看黃科長和陳科長，兩張濕漉漉的年輕面孔都透著驚慌的神色。心裡就滑過一絲不快。轉而想，都養尊處優慣了，能到這兒來算不錯，便又釋然。於是說：「先各自尋個位置出出力，堵住決口要緊。」

李萌說罷轉身往回走。眾人愣一愣，隨即跟著。

吳女祠背後坡下裝蛇皮袋的除了當兵的，還有上了年紀的老人。在自然災害面前，這些做了一輩子田地生活的老人更是閒不住啊。李明這樣想著去接一位老人的鐵鍬。老人的手緊了一下，仰起臉。

是老支書。李萌心中一顫。望著這張爬滿溝坎的古銅色面孔，李萌情不自禁地叫了一聲：「爸！」

老人端詳一會兒才認出來，說：「李萌呀。大變樣了，勿喊一聲真認不出來了。」他鬆開手，拿起身邊的蛇皮袋。

「原諒我這許多年來不來看你。」李萌撬起泥土裝進老支書伸過來的蛇皮袋。

老支書嘴角癟了一下，歉疚地說：「來了就好，來了就好。怪美娥啊……」

李萌忙打斷老支書：「美娥好否？」

「好唉好唉。當村支部書記有幾年了。人在塘上呢，全家人在塘上了。」老支書說罷又罵了一句「這瘟煞的天！」

雨小一些了，仍舊很密。有個老人歎了一聲：「黃梅雨唉，落勿斷，荒年來。」這聲歎引出好多歎息聲來，但人人手中的鐵鍬鏟得更急了。

李萌有些神不守舍，不時朝吳女渡張望。

吳秘書一直在身邊，心想李部長這趟來真有點不尋常啊，一聲爸道出身份。他曉得，李部長早年在這裡插過隊。那麼是乾兒子？或者女婿？他與美娥……

李萌打斷了吳秘書的心思。李萌把鐵鍬塞到吳秘書手裡，指點著老支書：「這是溪灣漾村的老支書，一個堅強的有黨性的老人，多聊聊，瞭解瞭解這裡的災情，我到前面看看。」

吳秘書欲跟著，被老支書拉住了。

李萌走上堤塘時，雨意外地止了。一會兒工夫，烏雲漸漸散開，耀眼的日光從雲縫裡射下來，將溪灣漾照出一片粼粼金光。雲縫越開越大，燦爛的陽光暖烘烘地傾撒下來，照亮這滾滾黃水和滿目瘡痍。堤下的村莊，如大洋中浮島，漂浮在天、水之間。

大自然在深重的災難之下，還製造出如此的神奇來！李萌的心頭掠過一陣惆悵的感覺。

吳女渡決口填下去的蛇皮袋已經起作用，湧入決口的水流已趨於平穩。為了加固，仍繼續在堤外打樁。李萌知道在這裡搶險的部隊參加過去年九江抗洪，有經驗。於是有些放心下來。

李萌在堤上站了一會兒，目睹幾截決口的場面很是感動。沒有人招呼他，誰也不認識他。他伸著兩手留意觀察著，伺機找到位置出力。可是每個地方都有人。他於是感到從未有過的失落。

突然有人喊了一聲：「美娥，接牢！」

李萌循聲看去，水中一婦女抬頭答應著接住蛇泥袋。李萌心頭就猛地一跳。李萌看清了，她就是美娥。老了，但依舊窈窕健壯。李萌像是見了希望一樣，突然發現了一個位置。在美娥和堤之間有個空檔，那裡站個人接力，她會省力多。於是不假思索地跳下水去。

美娥被他濺起的水撲了一臉，罵道：「要死啊瘟煞！」

李萌站穩了，輕聲喚一聲：「美娥。」

美娥朝他愣著。心裡說，他是李萌，頭髮也花白了。很狠心呀，廿年了，勿來一趟看看……

李萌見她愣著，又說：「我是李……」

美娥急忙用手勢止住李萌，朝他羞澀地微微一笑，就大聲喊道：「喂，縣上李部長帶人來參加抗洪啦，大家加油啊！」

「加油啊！」在天水茫茫之間，喊聲此起彼落。

很有鼓動力。李萌身臨其境地看到了動人的一幕：樁子打得更有力了，蛇皮泥袋傳遞得更快了。李萌感覺到了群眾的力量。自己作為其中的一員，蛇皮泥袋遞到手上也似輕了許多。多年來在機關遠離了這樣的場面，感到生疏了，新奇了。

李萌感覺到了一陣陣溫暖。他知道溫暖來自美娥。是她用腿抵住了他，使他不至於下滑。瞥瞥，美娥也朝他看看，兩人會心地笑笑。

決口一層層填高。入堤的水流越來越薄。功成在即。就在這時，一根沖下來的木料打了李萌一下，李萌「唉唷」一聲，失腳落入水中。美娥伸手沒有抓著，便一個猛子鑽進水裡。一會兒工夫，在離開決口十多米處的堤塘邊將李萌推出水面。李萌被拉上堤來。

可是卻一直不見美娥出水。眾人的目光在吳女渡的急流中，在寬闊的溪灣漾面上四處搜尋了很久後，都低下了沉重的頭。

決口終於堵住。太陽落西了。

李萌沿堤朝下游跑去。吳女祠的堤邊，面對溪灣漾佇立著老支書。黃科長、陳科長和小吳在一旁陪著。李萌大喊一聲：「爸！」雙膝跪倒在地。

老支書連忙躬身相扶。說：「李萌你勿要這樣，美娥水性好，會得上來的。」說罷老淚盈滿兩頰皺紋。黃科長、陳科長和小吳已經泣不成聲。

李萌在老支書相扶下站起來了。立即吩咐吳秘書趕緊打電話回縣。馬上送幾套帳篷、被褥和日用品來，夜裡要在堤上守護。

李萌兩眼卻一直注視著下游。猛然見溪灣漾尾處的堤邊有東西在蠕動。他下意識地喊出美娥的名字，隨即奔跑過去。

確是美娥。她抓住了岸邊的樹幹，下半身還在水裡。她匍在那裡已有一會兒了。

李萌和隨後趕來的黃科長、陳科長和小吳將美娥拖上堤塘時，她就昏迷了。便做人工呼吸。扳動兩臂，擠壓肚皮。李萌彷彿回到了那個年代，只是他和美娥調了個位置。看看不行，李萌如法炮製，用嘴助她呼吸。忙亂一陣，美娥終於吐出水來，甦醒了。

「謝謝你救我。」美娥靠在李萌肩頭無力地說，努力地笑了一下。

「是你先救我。我還欠你一命呢。」李萌緊摟著美娥，動情地說。

●

夕陽西銜時，吳女渡口兩側的堤塘上搭起一排帳篷。李萌心裡自嘲，這倒也是一道奇異的風景線呢。他舉目西望，濁浪這時泛著紅光。天水相接處紅霞對稱，一輪血紅的夕陽正被大水托住。李萌心想，這不就是「長河落日圓」的雄渾意境嗎。然而它卻掩蓋著一場深重的災難！

李萌突然轉過身問：「折騰了一日，尋著啥感覺沒？」

吳秘書搶先說：「我看到了人間最感人的一幕。」

黃科長說：「那是我們這一代人中勿可能發生的情感故事，但令我感動。」

陳科長說：「我也有同感。」

李萌笑說：「答非所問。你們難於理解我們。」

於是李萌向他們訴說了他在那個時代故事。這時，天色幽暗起來。黑黝黝的長堤堅實地伸向遠方。

你不可以做官

魏明理從公共車棚推出他那輛破舊的「永久」車，再鎖上車棚門，正好是九點。他抬頭看看天，春天的太陽溫馨地籠罩下來，金燦燦的，把蹲著一排排巨大陳舊水泥盒子似的宅區塗得鮮亮了。

這宅區是八〇年代初的產物，曾經是這個城市的「中南海」，只有縣處級以上的領導幹部才有資格住在這裡。如今已經破敗不堪，像一個龍鍾的老人，正極不情願地挨著暮年。不用說是縣處級領導了，就連稍稍有點能耐的一般幹部，也都喬遷美宅新居了。魏明理十年前住進這裡，現在還住在這裡：西六幢三單元三樓三〇六室，建築面積六十六平方米，兩室半。

十年前，魏明理得到這套居室時三十三歲。已經當了八年秘書的他，偶因一篇題為〈鄉村個體綢機戶的現狀和適度發展的可行性〉的調研報告，得到市委分管農村工作的副書記的讚賞，並作為深化農村改革的一條重要舉措，列入市委工作，而升任市轄苕縣縣委辦秘書科科長。年輕有為，血氣方剛，那時他認為仕途有望了。他便很喜歡這套居室，覺得冥冥之中似有神力相助，給了他六六大順的安排。西六幢是六，三單元三樓相加是六，又是三〇六室、六十六平方米，不是六六大順是什麼！儘管是人家讓出來的舊房，但畢竟還是苕縣城裡萬民仰慕的地方。他感激冥冥中安排的六六大順。早在讀大學時，他對算命、看風水之類就將信將疑過。算命的說他會苦盡甘來，因為偈語有「出遇貴人提拔起，猶如枯木再逢春」兩句。儘管姍姍來遲，到那會兒竟還真的應驗了，所以由衷地感到命算得準，就堅信不疑了。

可這幾年中，曾先後在左右的張科、李科們，一個個像被線牽著似的，都升上去坐穩了主任、局長的寶座。唯有魏明理他還在原地窩著，只不過兩年前從秘書科調到了綜合科。用縣委秘書長齊恩泰在會上宣佈時的話說，這是量才而用，魏科的文字是越寫越精越弄越妙了。為書記們寫報告，非魏科莫屬。魏明理聽了很落胃，很有些飄飄然，手腳竟不知如何放好了，便正襟危坐，兩手絞弄著手指，兩眼直直地朝前，不敢有絲毫斜視，生怕流露心思，被人看掉。

回到家，對老婆祁紅一說，正喜孜孜等待老婆兩眼放射興奮之光，兩腮溢出嫵媚之笑，沒想祁紅根本不屑一顧，說：「嘿，還量才而用呢？才你個頭啊！滿世界就你一個傻不楞登的冤大頭！」魏明理心裡一痛：你這娘們好沒道理，真是有眼不識金鑲玉，你丈夫好歹也是縣府一支筆哩！臉上就閃現出不快來，但瞬間又充滿了喜悅，笑眯眯面對老婆祁紅說：「你不曉得，綜合科長是弄大報告的。別看縣委這書記那書記的在臺上人模狗樣作報告，其實是我在利用他們的嘴作我的報告哩，懂嗎！」老婆這才咧開嘴角，淺淺地笑笑，說：「喔，是嗎？我怎麼不曉得啊，看來我男人是偉大，噢！」魏明理知道老婆還是在挖苦他，心說：真是不可理喻，頭髮長見識短，唯小人與女子難養也！便不再作聲。

魏明理推車拐上宅區中心大道，依然樣子很瀟灑地上車。但心情卻與往常異樣了。往常他騎車行駛在大道上，總是心滿意足的。今天全沒了往日那種心情。

●

昨天是小週日，一家三口去了老丈家。飯桌上，丈人、丈母、老舅、小姨的團團一桌。邊吃邊聊，東拉西扯，最後扯到一個話題上，就是：你千萬不可以做官！這話題是有的放矢地針對魏明理的。因為在座只有他位居「科長」，其餘人等都是平頭百姓。而「你千萬不可以做官」這一勸告性結論的背景資料和語言環境，是魏明理昔日的同僚張科、李科，後來的市城建委張主任、市財稅局李局長昨日進去了。據說受賄數額大幾十萬，又涉及淫亂嫖娼，估計不會輕判。

「這怎麼會呢？當時的張科、李科是縣委辦很守紀律又很出眾的科長，怎麼會這樣？」魏明理這樣嘟噥著。

「因為他們做了大官，做了有權的官。」老丈人本是一家國營廠的工會幹部，早就賦閒在家，卻見多識廣，往往能夠在千頭萬緒的說道中理出清晰的思路，說出讓人無可辨駁的結論性的話語。「你千萬不可以做官」，就是他總結出來得到一桌人贊同的。

老婆祁紅起先還在埋怨男人位卑權無鈔票賺得少，這會兒兩眼直彈，不知說什麼好了。接著，老丈人、老丈母、老舅、小姨輪番著對魏明理進行轟炸式的力勸。一致的結論是，在如今這個世道，好男不當官，當官無好人。

老婆祁紅似乎突然想明白了，猛地搡一下魏明理：「你有沒有收了外快存私房錢啊？你有沒有走花路養情人弄婊子啊？你有沒有……」

小姨打斷了祁紅：「唉，有老姐你在，借姐夫十個膽子他也不敢啊。」

「就是。」魏明理生怕祁紅難聽的話再說下去，趕快說，「我縱有賊心哪有賊膽啊，唉賊心也沒有哇。」

丈母娘很看重女婿的，說：「明理呀，你大小也是個科長，是要當心噢。不是都在說官場是腐敗的大染缸麼？」

「唉！」小姨叫道，「小小一個股級幹部，不上品的。看過劉羅鍋嗎？從前官分九品，九品官看城門，姐夫連城門官還不是，搞腐敗輪也輪不上的，怕是連資格也沒有，放心好了。是吧姐夫？」

「是是是。」魏明理面對一桌好菜，卻如同咽著蒼蠅一般倒胃。

晚上回家，一路心事重重的。回到家，兩人不刷不洗也不看電視，大眼瞪小眼的沒有一句話。兒子魏祁十五歲了讀初二，卻有些懂事。說：「爸、媽，你們這是在自尋煩惱。爸爸還當你的科長，媽媽還做你的工，把心都放在肚裡，篤定泰山過自己的日子。」說罷，顧自回自己房了。

祁紅這才回過神來，又搡一記魏明理：「唉，你確實沒有花路？」

「沒有。」魏明理堅決地說，「有你，我足夠了，哪會想別人啊。」

「真的？」祁紅兩眼開始顯出嫵媚的光，靠到男人身上。

魏明理就順手撫摸她：「這樣多好，我就喜歡平靜安寧。」又說：「我老婆要樣子有樣子，賢良淑德，我前世修來的。再說，你是曉得的，就你一朵花我還採不過來呢。」

「去你的。」祁紅嗔道，聲音已經黏黏膩膩的了，低語：「今晚我要的噢。」

魏明理本無情趣，被祁紅纏纏綿綿弄得也起來了。說：「要就要，還怕你啊。」

假如還同往常情形一樣，祁紅興許不會再生疑慮。偏偏魏明理這次要持久得多，而且還作了最後衝刺，把祁紅托上了巔峰又悠悠蕩蕩滑下來。事情做完後，魏明理自己也弄不明白這是為啥。只是，望著祁紅潮紅洋溢的臉龐和因滿足幸福而流動媚波的眼睛，覺得自己是應該可以把事做圓滿的，以前可能哪裡不得要領。也許這還是今後不斷地成功的起點呢。

這時，祁紅卻突然一反常態，笑容收斂，眉頭蹙緊，一把推開了魏明理。她說：「我問你，以前你老是不行是為啥？夜裡經常加班，是真寫講話稿還是真尋花路？你一定也貪了外快，拿去弄女人了是不是？」

魏明理剛才不明白自己為什麼這次偏偏行了，現在又不明白一向溫良賢淑的老婆今天怎麼這樣不可理喻了。但他有口難辨。好多事不是說說就會弄明白的，尤其這種黏黏乎乎的鳥事！

魏明理於是說：「隨你怎麼去想。反正我坐得正立得直不怕影子歪。」便不理老婆了。

祁紅卻又黏上來：「我是擔心麼。」

一夜無話。

沒想今早她又舊話重提。看她滿臉缺睡少眠的樣子，一定想得太多。魏明理深深地憐愛起老婆來，寬慰地說：「這又何苦呢？人家進去了管我們啥事，要你這樣勞神傷精瞎想點啥呢！好了我去買菜了。」

臨出門，祁紅在背後喊：「順便看看有沒有香椿頭，有就買三四斤來。」

魏明理心想：該是醃香椿頭的時候了。這東西每年都要弄點，成習慣了。

宅區中心大道上人流熙熙。每逢雙休日，都是這個時候人多。機關的人大都喜歡雙休日睏晏覺。而多半九點左右要出門買菜、辦事、走親訪友了。

大道是東西向的。魏明理去菜市場正好往東去，春陽燦爛地迎面照過來，整個人都在陽光裡了。他突然記起一句過去很時興很熱門又很詩意很形象的話——你們青年人好比早晨八九點鐘的太陽，希望是你們的，世界也是你們的……

狗屁！魏明理突然地惡狠狠起來。他從來沒有過這種反常的情緒，從來都是樂觀豁達，快快活活，心無隔夜愁的。事後他認真地想過，但最終還是沒有弄明白「狗屁」這樣有強烈情緒化的思維定式怎麼就和那一句至理名言扯到了一塊。

週日的菜市場有些擠。

魏明理買菜從來都是心中有數，先見為是的。一路上已盤算好做幾個菜，什麼主菜、什麼配料在進菜市場前已想好了。進了菜市場不是如一般人那樣先轉轉看看，而是尋找心中的目標，見了便買，付帳時才問價。倒不是他闊綽，不在乎錢。小小一個股級幹部的工資，加上機關幹部這年月還有點雷打不動旱澇保收的津貼、獎金之類，每月也不過八百多元。老婆廠裡半死不活，基本工資還打折扣，一月就算四百元吧。總共一千兩百元錢，三口之家的日常用途並不富裕。再說有點嘴邊身上扣省下來的「積蓄」，也讓房改吸乾了；又得省下點「底」來供兒子上高中升大學呢。魏明理之所以這樣做，是因為他覺得至少有省時間、對心思、少是非三大好處。

老婆祁紅非常不理解不贊同他的「三大好處」，尤其第三條。「怎麼就是少是非呢？是去買菜，又不是尋人吵架！」

魏明理則笑笑：「這你就不懂了，這叫有先見之明，先避而遠之。」接著解釋，「人一旦介入討價還價，都想不吃虧，甚至要占點便宜。我魏某人也非聖人，難免會墮入其中，爭來爭去就爭出是非爭出煩惱來了。這又何苦來！不如敬而遠之，不進這俗套，圖個清靜、安逸。即使吃虧了幾毛錢，我買得適量，燒得適量，一家人吃得正好，沒有剩菜剩飯浪費，就全有了。」

祁紅還是不理解：「你這是什麼理論？」

魏明理又笑笑：「魏氏理論。」

祁紅也便不和他爭。想想，假如既討價還價少付幾毛冤枉錢，又弄得正好沒有剩菜浪費，不是更好麼。但她做不到適量和正好，往往做得多了吃剩浪費掉，也就沒有底氣和丈夫再爭下去了。

魏明理知道祁紅心裡想什麼，不便戳穿她，於是偃旗息鼓。可祁紅東頭亮不了，卻亮到了西頭，總要找出點事來占個上風。

「唉你吃飯時嘴巴的聲音能不能小一點！」

魏明理看出祁紅說這話時的得意勁。這一指責確實有的放矢。但他絕對不表示什麼，只是邊嚼著邊說：「女人的思路永遠是散漫的，永遠不會集中在某一軌跡上，她們如同太陽的光芒，四散射開。所以，和女人討論問題最好不要超過兩分鐘。」

這番話得到兒子的贊同：「是的，我們班委的事從來是男生說了算，女的一會兒這一會那老拿不定主意。」

「真是英雄所見略同。」魏明理一高興，就向老婆討酒喝。他有輕度高血壓；祁紅控制他喝酒。見祁紅狠狠地剜他一眼，便不再堅持。

似乎祁紅勝利了，魏明理敗陣了。不過，他樂意。讓老婆占點上風，他只會便宜。這是十多年來他總結出的成功經驗。

魏明理很快就買齊了所要買的菜。正想離開，突然想到了香椿頭。於是回頭滿菜場尋找。穿梭了四排長長的菜灘，最後在第五排上找到了。

賣香椿頭的是位中年婦女，看外表是西南郊山裡來的。面前有三個人在挑選、搭訕。一個老太婆，一個中年婦女，一個少婦。魏明理走近時，三個女人幾乎都投過來非常飽滿的眼光。

魏明理讀得懂這種眼光。這種眼光不甚友好。是兼有妒嫉、嘲諷和討厭三重意味的那種。妒嫉什麼呢？當然是她們想像中的魏明理的老婆。大禮拜天的，要男人出來買菜，定是非寵內即懼內了。嘲諷什麼呢？自然是沒有骨氣、怕老婆的那種男人，此人不就是麼！討厭什麼呢？她們熟知男人們的臭爽氣，兜裡沒幾個錢，卻裝得大度不斤斤計較，常常拎在籃裡是棵菜。所以，特別痛恨他們的臭爽氣往往會壞了她們的好事。魏明理才不理會呢，他在菜場經得多了。所以只在心裡笑笑，迎上去，不管不顧地把三個女人的眼光全擋了回去。逕自上前，先看中再取到一邊，一會兒選了一大堆。

「稱稱。」他衝賣主說。

賣香椿的女人朝魏明理嫣然一笑，又朝那老中青三代女人掃了一眼，很快地轉過來接了魏明理的生意：「好的，先給你稱。這是早上摘的，你看多水靈，還掛著露水呢，很新鮮的。醃來吃是吧？」

魏明理說：「年年醃的，一到季節就想著它了。」他說著朝三個女人看了一眼，觸到了她們近乎憤怒的目光。但他仍不經意地問：「幾錢一斤？」

「五塊。三斤四兩半，十七塊兩角五，算十七塊好哩。」

魏明理於是摸皮夾掏錢。

三個女人這會兒真的憤怒了。

少婦先開口：「你這人怎麼這樣！」

中年婦女接著：「當你有鈔票是不是！」

老太婆卻指責賣主：「我們先來的，你見錢眼開啊！」

魏明理本來平靜如鏡的心海被她們嘰喳得起了波瀾，心思竟慌亂起來，思維便出現錯亂。本來皮夾裡靜靜地夾著兩張十元幣，卻鬼使神差地翻到裡層取出僅有的兩張五十元幣。

賣主連忙擺手：「找不開。」

魏明理這才意識到了錯誤，又重新取出兩張十元幣。

中年婦女的目光不僅僅是憤怒了：「鈔票多得沒處用了！」

少婦和老太婆連著兩聲附和：「就是。」「就是。」

魏明理這會兒心氣硬不起來了。活該讓她們罵，兩張五十元是這個月還有十天可以開銷的所有家底了，你充哪門子闊？！他匆匆付錢收好找頭，頭也不回地趕緊離開。

「要是我，我也要說，你這人怎麼這樣！當你有鈔票是不是！活該你討罵。」魏明理本想盼老婆安慰他兩句的，沒想祁紅這樣說。男人在外面受了不相干的女人的氣，作為也是女人的老婆不該義憤填膺嗎？現在反到這樣說。罷了罷了，我晦氣到家了。便一個人生著悶氣，不再理會祁紅。

這時，祁紅又說話了：「算了算了，男子漢大丈夫，還計較市井女人的話頭？看你還是縣委的科長呢！你不是很會自得其樂的麼！」

魏明理說：「你這樣說還氣得過點。不過科長也是人，有七情六慾的麼，無端受這些娘們的氣，我惹了誰了！」

祁紅突然笑了。笑一陣又說：「你這個魏氏理論不靈了吧，不要自以為是了。我看你根本不是當官的料，當了十年股級待遇的科長，人家並不金貴你！連女人都要欺侮你了。」

魏明理就齊齊艾艾，語無倫次了。一說到這，他就沒有底氣。不過，他很快發覺她話中的漏洞了。老婆和別的女人一樣，總是自覺不自覺地把女人看低了。就說：「你也是女人，也要氣我呀。」

「你個豬頭三呀！」祁紅伸手戳了戳男人額頭。「好心思壞心眼都分不清啦。」

魏明理的心愁便隨著祁紅的舉動和語言徹底消解了。

這時，電話鈴響。是縣委秘書長齊恩泰打來的，叫他馬上去辦公室一趟。魏明理想，禮拜天還會有啥事？就對老婆說：「秘書長叫我去辦公室，我去了噢。」說著就穿上外套出門。

魏明理這會兒騎車在宅區大道上，感覺似好多了。畢竟星期天受秘書長召見，總是重視的緣故，總是他心中有「我」。

其實，齊秘書長叫他去要告訴他的事，完全可以等明天星期一上班時再告訴他。但齊恩泰說他忍不住了，就要早一天告訴他。齊秘書長這樣的開場白將魏明理的心弄得蹦蹦亂跳。

魏明理說：「秘書長你就直截了當說吧，把人胃口釣得難過。」

齊恩泰才說：「老魏啊，組織上有愧於你的，你勤勤懇懇、兢兢業業地埋頭當了十年科長，本當早該提一提了，到現在才有機會。常委會已經通過，提升你為副秘書長，還是幹你的拿手，分管材料綜合。」

魏明理一時愣住了。他有些不信任自己的耳朵：會不會聽錯了？於是盯住齊秘書長問：「我提升了？」一忽兒又說：「不會吧。」

齊恩泰又複述了一遍，說：「老魏，我是時刻記住你的，只要有機會，這次總算如願了。」

魏明理雙眼有些潮潤了。他握住齊秘書長的手不停地晃著：「謝謝，謝謝，感謝秘書長的關心，感謝縣委的栽培，感謝……」他說不下去了，眼淚終於沁出眼眶滾落下來。

齊恩泰說：「老魏你穩住情緒。你的心情我瞭解，你是等了多年了，突然實現了有些承受不住是吧？不要緊的，慢慢就好了。你的人品我瞭解，決不會是姓張的姓李的之流。這兩個人，哧！」

齊恩泰說到這裡，神色很複雜。既痛惜，但更多的又是幸災樂禍。

魏明理知道姓張的姓李的就是過去一道的張科李科、後來的張主任李局長，於是問：「這兩個人這幾年一路順風，扶搖直上，怎麼一夜之間就……」

齊恩泰依然是那種表情：「說起來，我們那個時候還都是一個層次上的呢，真是人心隔肚皮，知人知面不知心哪，唉！」

魏明理心裡有話，總覺著這兩個人是官升得太快了，做得太大了的緣故，那時可不是這樣。又不便明說，只是朝齊秘書長點了點頭。

齊恩泰站起來，拍了一記魏明理：「別替人家分憂了。我們可不是他們！你說是吧？」

「那是自然。」魏明理說。心裡油然想起兩年前調任綜合科科長時齊恩泰「量才而用」的話。

魏明理突然間神色又黯了下來，囁嚅著：「齊秘書長，可是我……不可以當這個官。」

齊秘書長納悶：「為啥？」

魏明理本不想說穿的。見齊恩泰追問，又用咄咄的眼光逼他，就說了：「就是姓張姓李的事，把家裡人嚇得一再叮嚀我，你不可以做官。」

齊秘書長就哈哈大笑起來。

●

魏明理踅回宅區中心大道時，臉上還殘留著笑意。這笑是忍不住隨著齊恩泰秘書長哈哈大笑而笑起來的那種笑。說不清是什麼感覺。但多少還摻雜著喜悅。不然，照魏明理拿得起放得下的性格，這笑容不會保持這麼久。

魏明理進入大道時有人喊了一聲老魏，又說老魏今天怎麼這樣開心，他才意識到真的是喜悅了。

有了這個意識的同時，魏明理著實吃驚不少。他知道，等著他的將是老婆祁紅，以及祁紅娘家一班人無休止的勸導、警諭、告戒，甚至恫嚇。

如果說在這以前以為自己這老樹再不會爆新芽而默認了「你不可以做官」的警戒，那麼此刻的魏明理當然想要離經叛道了。也是的，世上有多少人在夢寐以求想做官、做大官，盼升官、升大官。他們大學畢業，甚至研究生畢業，好好的學科不去研究，堂堂的學問不去做，卻偏偏要擠身政界。一旦成了政府中人了，又要千方百計地去變形自我，鑽營仕途；當上了小官，又想方設法地要當大官。這都是為什麼呢？以前，魏明理似未曾仔細地想過這個問題。現在他要想一想了。而跳出腦海的第一個念頭是，人家當得為何我就當不得！這個念頭一跳出，他的思路便順理成章了。於是接下來一個想法便是，祁家人不食人間煙火還是怎麼的？思維方式和思路程式有違常理啊！像這樣的人家，如今這社會上還有嗎？也許是絕無盡有！

這時，魏明理已經走完了應該走的那段中心大道，便條件反射地拐進「西六幢」前的小路。自行車前輪的彎弧打得恰到好處，魏明理腰部以上的身子也漂亮地閃了個小弧度，隨之兩肩一正，頭一昂，自行車正正地慢行在小路上了。

魏明理漂亮地閃過弧度時他想到了「出遇貴人提拔起，猶如枯木再逢春」這兩句偈語。他看著「西六幢」藍底白字的牌子在心裡笑了，想我魏某人終究還是六六大順的，那簽終究還是靈驗的。儘管晚了一點，那有啥，大器晚成麼。

就聽得樓上窗口祁紅大聲喊：「你還要去哪兒呀！」魏明理猛地剎車轉身，見已在第一單元門口了，自語一聲：「過了。」

又聽得祁紅喊了一聲：「你的魂掉啦？」

魏明理便又自語：「是掉了，是掉了……」人已坐到地上。

呂鑫隨鱔魚阿三走進溫暖的包廂，心裡頓時軟綿綿起來。他脫下剛才緊裹在身上的抵禦寒風的皮大衣，說鱔魚阿三你常到這種地方來？鱔魚阿三笑著說，高興了就來，散散心這不好嗎？呂鑫一時還不適應這個幽暗的環境，邊眨著眼睛邊說，我沒說不好。

眼前有些明朗起來。這令呂鑫感慨萬分，心想人在一種環境裡待上一些工夫，總會適應和習慣起來。當初的呂鑫，還不是只曉得撥弄土坷垃的莊稼漢麼。借著一個可以弄到幾十噸化肥的機緣，走上了經商的路，後來成為苕灣鄉工貿公司經理，再後來當上苕灣鄉副鄉長、鄉長。每一步升遷、開始總不自然，有些拘謹，有些舌短，有些正兒八經。過了一段時間，便適應很習慣地進入角色。工作得有聲有色，和同僚、下屬處得有聲有色，苕灣鄉的面貌也改變得有聲有色。於是便在苕縣小有名聲，於是又當選為苕縣人民代表大會的常務委員。

這次，他是被列為副縣長候選人，進城出席人大會議的。這又令他不自然起來，小心翼翼地來城裡縣迎賓館報到住下。他弄不懂自己也經常來縣上開會，和兄弟鄉的眾位鄉官有聲有色地相處，這次卻忽然變了一個人似的，連走路的腳步也拘束得輕了起來。按理這也沒啥，若有幸選上副縣長，慢慢也會功到自然成的。偏偏他鬼使神差地獨自一人上街散步，偏偏又碰巧遇到了他初次發跡的恩人鱔魚阿三。這便使事態牽拉著朝自己預感不妙的方向發展下去。

呂鑫在返回迎賓館的路上，突然想到老婆千叮嚀萬囑咐要他買的真絲圍巾，又踅回原路去了絲綢店。還沒到的時候，就遇見了鱔魚阿三。鱔魚阿三這會兒是苕灣鄉工貿公司的經理。

鱔魚阿三紅光滿面，笑盈盈地正從百味館出來。走下臺階就驚叫，呂鑫呂頭呂委員！鱔魚阿三雖是呂鑫的恩人，可從未以有恩自居。他又是在社會上混的角色，所以對呂鑫的尊重也是流聲流氣，稱呼總是一串一串，恨不得把所有頭銜一口氣全叫出來。

呂鑫就猛地止步，說阿三夜裡還在城裡忙啥呀？呂鑫出道的第一步，也就是那幾十噸化肥，是鱔魚阿三幫助弄來的。呂鑫懂得「知恩不報非君子」的古訓，所以對他非常友好，連人們對他油滑的慣稱「鱔魚」二字有時都省略了。

鱔魚阿三說，玩麼，酒足飯飽了去吃碗情人茶。

情人茶？呂鑫頭一次聽到這個新鮮的名字。但他的身份叫他不便不恥下問，就說了自己的要去做的事，你嫂子叫我買頭巾呢。

算了不要去買了，明天叫人送過來隨你挑就是了。跟我走，領你去個地方，包你舒服透頂。鱔魚阿三說著就拖著呂鑫走。

呂鑫就不好推辭了，糊裡糊塗跟鱔魚阿三到了這個幽暗的包廂。

當幽暗漸漸散開，眼前有些明朗時，呂鑫就意識到剛才心裡之所以感到軟綿，不僅僅因為暖和，更因為氣味。確切說，是脂粉和香水的氣味。在能夠看清周圍輪廓的一剎那，呂鑫就發現有兩位光著上身只著吊帶裙的女郎在朝他嫵媚地微笑著。兩肩、兩臂、長頸和略顯乳溝微凸的上胸部，都白得撩人。呂鑫警惕地想，這一定是三陪女。但他軟綿綿的心旌已開始有些搖晃。

身臨這樣的場景，是呂鑫平生頭一回。他感到新奇的同時，總有些慣性的不自然。女郎這時彎腰沏茶。裙的上沿口由兩條帶子吊著下垂，洞開寬敞的口子。呂鑫起初只是不經意地一瞥，見雪白的奶子垂下兩座山峰，在不停地搖擺、跳動著。呂鑫趕緊將目光避開，正好碰上笑瞇瞇的鱔魚阿三的目光，呂鑫就不自在地低下頭。

鱔魚阿三用肘碰碰呂鑫說，呂頭呂鄉呂大哥，緊張的工作之餘總得輕鬆輕鬆呀，勞逸結合麼，呂鑫一邊嗔怪，阿三你怎麼可以領我來這種地方！一邊又禁不住抬眼看去，倒垂的乳峰只一晃又不見了。

女郎這時雙手端茶，輕盈地走過來。呂鑫接茶盞的時候，注意到了女郎嫩筍般的纖手，兩手便遲疑了一下。女郎便連盞帶手一塊兒擱到呂鑫寬大的手掌中。呂鑫只覺得有一陣酥軟滑膩襲上心頭，渾身就熱了起來。一熱，兩隻耳朵就癢起來。

呂鑫知道這是凍瘡的緣故，一熱就癢。於是兩隻手又習慣地提上來，分別捏住兩耳柔軟的耳垂，不停地搓揉。這是很愜意舒服的事。每當這種時候，呂鑫都樂此不疲。

這個動作牽動其中一位女郎。她走到呂鑫面前，撥開呂鑫的手，替他搓揉起來。她彎腰前傾，呂鑫頓覺面前籠罩一團白霧。他凝視定睛，兩砣雪白倒垂的乳峰離他的臉僅半尺許，在歡快地抖動著。被柔軟的手指搓揉耳垂的愜意感和有眼前鼻下那撩人心魄的情景和氣息，使呂鑫腦袋嗡地一聲膨脹開來，一陣眩暈。待瞬息驚醒，發覺臉面已埋在她酥胸裡，正欲趕快離開，女郎一側身已坐進他懷裡，並且飛快地在他右耳垂上嘬了一口。

呂鑫一向是個有理智有思想的人，但此時此刻竟也招架不住美色的誘惑了。他還顧關著門的廂內，鱔魚阿三和另一位女郎早已失蹤；而面前的青春麗人，秀色可餐。這使他的理智、他的思想徹底敗下來。使他的嘴，他的手很快充當起忙碌的角色來……

回到迎賓館已過午夜。呂鑫躡足進屋，輕聲脫衣，然後躺進被窩，沒有驚動臨床的城關鄉書記沈尚禮。沈尚禮這次也是副縣候選人。呂鑫在被窩裡暗自慶幸自己神不曉鬼不知。雖仍有些發虛，但畢竟經歷了從未有過的紅運。對於青年女子，除了老婆新婚燕爾時他體味過——這體味也早已忘記得沒了影子，今日卻意外地嚐了一次，而且是專業性的佳麗。他想，這般美妙的滋味今生今世也不會忘了。他倒希望這會兒擁著她再行床笫之歡。這一夜，呂鑫是在似夢非夢中度過的。

次晨，呂鑫慵慵起來。正對著鏡子洗臉，沈尚禮突然在他背後大喊：呂鄉長耳朵上怎麼啦？又嘿嘿嘿地怪笑起來。呂鑫說，毛病啊，耳朵就是耳朵。沈尚禮依然怪笑著，說，昨日夜裡泡妞了？呂鑫心裡就一驚，說，沈書記不好亂說的噢。哪個亂說啦！沈尚禮說罷拎了呂鑫的右耳朵轉了個角度，又說，你自己看。

呂鑫一看傻了眼：耳垂下有大半個紅唇印。說話便沒有了剛才的大聲氣兒。他囁囁地說，沈書記嘴下留情，是昨日夜裡在朋友處聚會開玩笑開的。他這麼說著，心裡叫苦不迭，後悔昨夜裡沒有洗濯就睡了。待沈尚禮說你放心好了，我的嘴緊得很。心裡仍七上八下地亂跳。

三天的會議議程，呂鑫在惴惴不安中捱到尾聲。他總覺得人們看他的眼光都有些怪異，想想又覺得也許是自己心理作用的緣故。選舉結果，他以少沈尚禮三票而落選。按原先預測，他起碼應該比沈尚禮多三票。這使呂鑫異常喪氣。最後一頓宴席吃到一半，他就推託身體不適，早早離席驅車回家了。

關於呂鑫耳垂上紅唇印的緋聞，沒幾天就傳到了苕灣鄉。首先找他麻煩的是他老婆，與他大吵大鬧。呂鑫有愧，任老婆吵鬧就是不吱聲。老婆鬧累了也就不鬧了。接著是縣紀委和組織部的人找他談話。後果令呂鑫既喪氣又無可奈何。沒多久，任免通知下來，調城關鄉任副鄉長。呂鑫堅決不去。已經恨死了沈尚禮，豈能再栽到他的勢力範圍去！便要求哪裡來回哪裡去，仍舊去了鄉工貿公司。

呂鑫還真是個幹家。經過兩三天彆扭後，又很快適應了環境，很習慣地進入了角色，又把工貿分司辦得有聲有色。兩年下來，歷經「股份有限」，就要著手組建集團公司了。這時，恰逢市經濟部門招聘局級幹部。鱔魚阿三私下替呂鑫報了名，然後極力慫恿他去應聘。呂鑫想在企業倒如魚得水，無拘無束，老子為大。為官從政，拘束太多倒在其次，躲不及的黑槍暗劍叫人受不了。況且，重返政壇，未必不會犯前車之鑒。

正思量著，鄉下帶口信來，說爺爺病危，叫呂鑫迅速回去。呂鑫是呂門唯一的孫子，爺爺又是他最尊敬的人。

待回到家門，爺爺神志還清爽。叫呂鑫取過拐杖，說要下地走走。呂鑫拿起爺爺的拐杖，那個古老故事便油然升上腦際。

爺爺十歲那年冬天，日本鬼子打進縣城裡，來到村裡。和爺爺一般大的幾個小孩正玩著，見了鬼子嚇得四處亂逃。一個鬼子緊追在爺爺後面，手指著爺爺的腳後跟，咿哩哇啦亂叫。爺爺後來才曉得，鬼子叫得是他腳後跟的凍瘡，叫他別跑，讓鬼子練槍法。爺爺當時嚇得沒命地跑。聽到背後「叭」一聲響，就往前撲倒了。鬼子的槍子正中爺爺的凍瘡，腳後跟被打碎了。從此，爺爺就瘸了。

這個故事呂鑫小時候不知聽爺爺說過多少遍。此刻想起，心裡突然如吃了槍子一般痛。

爺爺終究沒有起來，頭仰了幾次，便吐出一句：該死的凍瘡！頭一歪就咽氣了。

該死的凍瘡！呂鑫心裡反覆念叨爺爺最後這句話，兩手不由自主地捏住自己的耳垂，竟罵出了聲：該死的凍瘡！

割痔記

前因：山草在某省刊物上發表了小說〈陷阱〉，被這個城市的某部門領導召去談話，指責小說名為寫反腐敗，實為影射某書記。接著借一座談會，對山草進行批評教育。山草就在這天便後大放血。情急之下，來到這家專治隱痛的醫院。

●

到了這種地方，身臨其境，山草方知「十人九痔」這句老話的真旨。老祖宗總結的老話一代代傳下來，把普遍生在身子底下陰處，見不得陽光，說不出什麼滋味，卻異常難受的隱痛，造出一外痔字來，並且以其患者之眾，精煉地概括為「十人九痔」這四個字，實在是太高明了。

山草聽說過這座城市裡有兩個早已作古的老中醫，就是治這玩意的，而且據說道行很深。一名陳致德，一名潘瀚林。陳氏專攻，潘氏兼治，都能手到病除，一把剪刀做手術乾淨俐落。潘氏是兒科世家，後代便淡了兼治這玩意的生活。陳氏後代則嫌日日面對各種各樣的屁股侍弄屁眼晦氣，也不雅，便改學了西醫。

殊不知，「十人九痔」早已一言九鼎，這病在人海茫茫之中確實普遍存在著。患此隱痛至甚者，一旦到了耐不住非看醫生不可時，豈能求醫無門?!

竟也有不嫌屁股晦氣，偏愛侍弄屁眼的。此人是潘醫的小徒，專門負責潘醫治這玩意時遞消毒剪刀的，尚在童年。未及正式學藝，先生便溘逝。繼又投於陳醫門下，其時陳醫也已至耆年，正為兒孫不屑於老子之術而苦惱。見此童心思正，便留在身邊打下手，誠心傳授專術於他。沒想小徒尚未正式臨床，自己先倒下了。臨死，將自己一生所積臨床所錄醫案都給了徒弟。徒弟在先生的靈位前通通通叩了三個響頭，帶著額頭一塊青紫，悄然離開鬧市，獨自居於城南苕溪邊攻讀先生醫案。這是在民國三十六年初春，此人十八歲。在城南苕溪直埭上一條小巷裡，他一邊潛心於先生醫案，一邊開始小心地在熟人中診病治療。兩年後，便有些小名氣。於是開出小診所，掛「德林痔科」醫牌。德就是陳致德，林就是潘瀚林，意即繼承先生痔科。凡上門求診者不僅衝其醫術，更衝其醫德，而醫界對這樣掛牌亦口碑盛譽，稱他誠承師道，虛懷若谷，實乃杏林一佳話。

此人便是眼下德林肛腸專科醫院的開山祖，姓薛名家仁。薛家仁的德林痔科，解放後擴大為診所，有了西醫，兼治百病。後又改建為城南衛生院。薛家仁始終坐案治疾，所以仍以痔科出名。說來也巧，薛先生膝下三兒一女，竟也無一有父志的。比不得從前看重家傳了。學業門類多得很，儘管揀自己愛好的學去，攻去，何必拘於這條小街上跟著父親去擺弄屁眼呢?!然終究人各有志，亦有熱衷於此道者。薛先生手下男女二徒便是明證。這便是眼下這德林肛腸專科醫院的兩根頂樑柱——男許和女徐。此地方言許、徐不分，故冠於男、女。許醫生和徐醫生都四十開外年紀。人到中年，醫術精熟，事業有成，把個德林專科搞得紅紅火火。七層的大樓，全新器械設施。不光是本市諸縣，周邊市、縣，甚至外省的，都慕名前來求醫。

這不，山草弓著腰撅了屁股上門時，竟是客滿。

「許醫生，總不能叫我這樣狼狽法再打道回府吧?!」

「那當然。豈有拒醫的道理！先生坐鎮這把椅子時，是寧可讓出自家睏鋪也要收留病人的。」

許醫生對師父的崇高醫德如數家珍。說話時既微笑著，又很有分寸地莊重。致使因顯胖而肥嘟嘟的面孔有些滑稽，加上兩撇濃密的黑鬚時而抖動。山草看著看著，便忍不住笑。一笑屁眼便痛得鑽心，笑容裡摻進了忍痛的表情，還絲絲地直抽冷氣。倒使許先生忍俊不禁地爽笑了。

許醫生爽笑很有氣魄，中氣飽滿，聲若洪鐘。許醫生笑好了，便拎起電話撳號。是打到五樓病區他師姐處。

山草發現許醫生叫師姐叫得很脆，還對著話筒親密地笑了一下，才問有沒有床位。這時山草心裡突然一急，手不由自主地撳斷了電話，說：「許醫生，我就請你開刀。」

其實山草是先到五樓的。見主刀是個女的，想必一定是女徐。徐醫生還透著風韻，山草初一見眼前一亮。但一個大男人張開屁股對著她，總是不好。便說聲對不起上了六樓。原來她是師姐，許醫生是師弟。山草於是不好意思地朝許醫師笑。

許醫生剛才對著話筒笑，就是為山草從五樓逃到六樓這事。這會也不深究，反正下邊也滿了。便吩咐護士，二十三床明朝出院，叫勤工在走廊上加個鋪，先對付一夜。

山草連說謝謝，摸出名片遞上去。許醫生一看唷了一聲，念道：「市政協委員國家二級……」不等許醫生念下去，山草隨口接上「……保護動物。」許醫生諤然：「二級作家，怎說保護動物？」山草回答：「在美國稱作家為爬格子動物，我們也差不多？」「噢——是這樣。」許醫生略一沉吟便說：「作家是人類靈魂的工程師，我就崇拜。」山草一把握住許醫生的手，連說：「過譽，過譽，過譽了唷——絲……」他咧歪了嘴緊皺了眉，趕忙用手捂住屁眼。

許醫生又洪鐘般地爽笑了。

當晚，山草在走廊下榻。望著從走廊兩邊一扇扇門進進出出的男女，都叉開腿弓腰猩猩似地走路，山草真想笑出來，但下邊警示他不可笑，便強忍著，將笑吞回肚裡。

入夜，山草初無眠，書也看不進，便想一些事。猛一激靈，悟出一事，於是取筆寫來：

某男出生時一腿先出，其母幾赴黃泉。至童時頑劣，為一方孩王。及長橫霸鄉里，為惡少，無人敢治，無女敢適。鄰鄉某女，外剛內秀，從小隨師學得一身功夫，雖有人品，卻無人敢娶。一日上市，見某男正敲竹槓欺一小販，上前勸阻。某男出言不遜，進而調戲某女。某女羞怒，扯其於道邊訓之。某男言污某女，又拳腳相加。某女反擊，數招將其踩於腳下，杏眼怒睜：「叫你再橫！」某男討饒：「再不敢。」嗣後，某女欲尋制服某男長久計。不幾日，有媒上門，為某男保媒，意欲某女管住某男。某女自市上見過一面，已暗慕某男英武，欣然允諾，父母從之。於歸後，某女對某男倍加調教，終令其改弦易轍，從此做些本分經營。婦唱夫隨，甚是相得，鄉里無不你頌。

評曰：有疾無怪，治而後快。某男得遇某女，則三生有幸矣。

山草寫畢再讀，知是因感所發。世上芸芸眾生，無疾之人怕是沒有的，所謂「金無足赤，人無完人」。小恙小治，大病大醫才是正道。無奈自己底下已由小恙熬到大病了，須得快刀根治了。

次日上午，山草就床位。臨進門，便有「陽光燦爛」一詞跳出腦際。好溫馨的病房！他在心裡叫道。於是山草笑容滿面地進房，在居中的二十三床上放下東西後，又分別和兩邊的痔瘡朋友和陪客開心地打招呼。山草已經聽說，這兒的病友們都互相尊呼「痔瘡朋友」。這讓人聽來很有幽默感，而且特別顯得親密無間。山草初覺得稱「痔友」更親切，但此地方言與「癡友」、「摯友」分不大清，而且兩個入聲字組合，說來費勁，遠不如「痔瘡朋友」輕脆響亮。

「開痔瘡呀？」二十二床的陪護先開口。是個中年農村婦女，高挑個子，端莊面孔，想必年輕時一定漂亮。她身邊有位姑娘，身材嬌小，倚在二十二床的床頭，定是這位痔友的女朋友了。

山草響亮地回答：「開痔瘡！」聲音顯得快活。

「痛煞唉。」二十四床的陪護接著說。她面朝外坐在二十四床床尾。是個典型可算得上整齊的農村婦女，看著山草的眼睛盈滿笑意。隨後山草發現，她與人說話時總是這種眼神。

山草受到感染，情不自禁地笑說：「痛也只好痛囉。」

山草於是很滿意這個環境了。尤其陪護們給他第一印象很不錯。同時想到自己今天還沒有陪護，心中便升上來一絲孤獨。

上午做手術前體檢。下午吊鹽水，然後護士長說要清理門戶。這時，二十二床有三個探視他的女同學正在嘰嘰喳喳說笑。護士長命山草側身朝裡褪下褲子。山草褪了一半不敢再往下。護士長便哈哈笑了兩聲，對那幾個姑娘喊過去：「要看屁股的儘量看，不要看屁股的把頭轉過去。」一喊畢，在山草屁眼處拍一記。山草絲絲絲吸冷氣，將褲子褪到不敢再褪處。只聽她手指觸摸處撲撲有聲，像是用粉撲頻頻撲撣。山草感覺挺舒服，卻很快好了。山草狼狽地迅速拉上褲子，轉臉偷偷瞥一眼，姑娘們都背著身，心才安下來。

護士長走後，二十四床似看出山草的心思，笑說：「露屁眼有得你露哩。」山草抬頭，碰著他老婆含笑的目光，說：「真的啊！」

二十四床便說起了護士長。說她原先在薛家仁手下當護士，人蠻好的。二十四床是城南鄉人，對鄉衛生院的醫護人員自然熟。他說她五十歲了，年輕時很漂亮的，是城南一朵花。山草心想，怪不得周身透出風韻呢。也難為她了，侍弄了一輩子各式各樣的屁眼。山草油然對她肅然起敬起來。

傍晚六時，護士長又來了，喊：「二十三床灌腸，快點。」說完就走。二十四床嘿嘿笑兩聲，說：「又要去露屁眼了。」說罷，大家都哄地笑開了。山草也笑，說：「橫豎橫了。」二十二床說：「你待遇高，護士長親自動手。」山草說：「還不一樣麼。」心下倒有些慶幸。這會倒不在意不好意思，但山草老配合不得當，拖延了好些辰光。末了，底下脹得難受，趕緊衝進廁所排泄。

當山草輕鬆地走回病房，痔友和陪護都笑著迎接他。二十四床的老婆笑盈盈說：「明朝要吃苦頭。」二十二床的母親接著說：「講勿出來的難過唉。」他們告訴山草，開刀不大痛的，開好後痛。他們開刀已四天了，天天為大便揪心。

畢竟還沒有切身體會，山草倒不怎麼害怕。便對他們說：「橫豎是一刀，怕也沒有用。到了這裡，就是準備挨這一刀的。」

一直沒有作過聲的二十二床嬌小的女朋友說話了：「你看人家！哪像你呀，日日愁眉苦臉哀聲歎氣的。」

二十四床的老婆接過去：「伢該個麼——該勿是，己勿是唉，真叫愁煞。」她一口南郊農村口音，慢慢吞吞的很好聽。

山草被說得不好意思，便說：「講不定我還不如呢！」

二十二床的女朋友肯定地說：「我看你不會。」

山草留意地看了看她。這女子不俗，像是個有文化的，且不是那種自命清高又不著實際的「半瓶子」偏要晃的人。便說：「但願是，謝謝鼓勵了。」

大家都開心地笑。病房裡氣氛很融洽。

山草在走動時留意了床架上的住院卡，二十二床叫趙輝映，二十四床叫陸建榮。他們患的也都是混合痔，就是既有內痔又有外痔。所謂「十人九痔」中，此患者居多。

聊著聊著，兩邊沒有了聲音。山草想他們睡了。看錶，才八點。便也跟著熄了燈。儘管太早，但山草覺得應該隨遇而安。病房靜了。平靜中卻似衝突著不安分。二十四床老陸是城南鄉人，高中畢業務農，適應搞活、開放時勢跳出田莊做石料生意，家境便在勞碌奔走中富裕起來，為村人眼羨。二十二床小趙畢業於絲綢工業學校，適逢絲綢業紛紛倒閉，下崗後只好改行弄壓縮機，也適應了眼下的空調時代。女朋友本是他同窗，所學是前些年十分吃香的刺繡。現在在一個不大景氣的服裝廠上三班制。人的命運其實很難意料的，號稱「絲綢之府」的這個城市的不幸，竟然心安理得地嫁禍於這些無辜的青年！據說，造成這個城市支柱產業絲綢業衰頹的原因，多半是人為。山草平素極不願與官方沾邊，但官場的腐敗往往令他義憤。所以常常在心裡痛痛快快地罵一頓，陪上十幾分鐘半個小時的，事後想想又懊悔不已。此刻，胸中已油然生出一段文字來：

某公擅書畫，且長於社交，往往如魚得水，任某廠工會主席工作出色。被組織部長慧眼識金，調任市總工會主席。慣例，三年屆滿調往他職。部長召其談話，先申明大義，再令其在工商、物價二局選一。某公思再三：物價與人民生活密切，工會做群眾工作，二者宗旨一也，便為物價局長。一日被召述職，以近期物價目錄呈上，言：物價穩定，市場繁榮。部長問：青菜何價？答：未進過菜場。問：綢衣何價？答：近托友人內購，價去八折。又問：鱉何價？答：五百元一桌可上。再問：近有好貨否？答：倒有幾幅。即遞上一軸。不久，某公調任市經委主任。在任安分隨緣。聞小道語，將入副市人選。

評曰：吏治若此者，上下隨處可見。語謂：少見多怪，多見則不怪也。此亦如痔疾也。

次日晨，山草被護士叫醒，要去灌腸。山草第一個念頭便是我睡得很好。同時望見窗外乳白色的晨光。他於是精神抖擻地起床，隨護士出去。灌腸的是另一個中年護士。山草有些怯陣，褪褲子時遲疑了一會兒。待事畢，然後流暢淋漓地排泄後回到病房。房內已擁進溫暖的秋陽。山草迎著陽光進屋時，臉上掛著笑。這笑感染了老陸、小趙和他們的陪護，他們在每天都要例行的忙碌中，真誠地朝山草點頭笑了一下。祥和溫馨的氣氛，在秋陽的燦爛之中洋溢開來。山草的老婆正好在這時笑盈盈地進來，祥和溫馨的氣氛便又添了一些濃重。

山草老婆問：「幾時開刀啊山草？」

「九點，大概是九點。你來得正好。」山草有點激動，注視著老婆。又偷眼瞄兩邊，他們都在看她，心下便升起幾絲幸福感。

「是許醫生開，屋裡都好？」

「出來一日就記掛呀！」山草老婆笑笑，又問：「你怕勿怕？」

「有啥好怕！橫豎一刀，豁出去了。」

「該麼對了。」

……

兩邊病床的人一時未吱聲，他們都癡癡咪咪地笑著看山草夫婦一問一答。二十四床老陸這時說：「開刀勿痛，開好了痛。」二十二床小趙跟著說：「最要難過沒有了。」山草便有些怵。山草老婆就笑說：「你還是怕了。」山草否認：「我怕？笑話！」他心裡鎮定許多，拿起《失樂園》對老婆說：「渡邊這個老東洋鬼子寫得好。」

山草老婆要山草講書裡的戀情故事。山草說沒看完。山草老婆於是和陪護們交談。女人一道話多。也許是身臨其境之故，話頭從痔瘡起。她們都說有這玩意，只是程度上不開刀無妨。山草想說十人九痔，這是極少有例外的。但未說出，免得打斷了她們交談。這時話題已離開痔瘡，開始了東拉西扯。山草儘量不在意，伏著看著《失樂園》，想沉浸到久木和凜子的生死戀情中去。但心緒怎麼也聚不攏來，耳朵裡總有她們的談話聲，斷斷續續，嗡嗡營營。卻聽清了老陸老婆叫靈芝，小趙女朋友叫小芬。名字很適合各自的身分和氣質。山草看了看她們倆，又回神到書上。是對凜子美妙體態的生動描寫，接下來又是兩人聲情並茂地做愛的情節。山草看著一點也激動不起來，相反還感到肉麻。眼睛已不由自主地留神到門口。猛見許醫生走進來，濃密的唇鬚抖了幾抖。

「二十三床開刀！」

「噢！」

山草激靈一下清脆地應道。顧不得底下疼痛，倏地下床，尾隨許醫生弓身顛顛地出去。山草老婆也煞住了談興，意猶未盡地朝眾人笑笑，尾隨而出。

手術室的雙扇彈簧門一閉，就將山草和老婆隔在了兩個世界。

山草頭一眼就看到那張後半截聳著兩個架子的鐵床。鋪著白褥，四周有架子的許多地方白漆剝落，露出猙獰的鐵色。心想一定是躺在這裡被宰割了。便心裡虛虛而面上笑嘻嘻地倚身躺上去。兩腳任護士擺弄著束之高閣。這個姿勢好像婦產醫院流行的那種姿勢。山草這時心裡已鼓鼓地翻騰著笑聲，面上卻裝著異常嚴肅的表情。女護士瓜子臉極清秀。山草十二分不情願自己極不體面的手術讓她入目。

手術室顯得空曠。仰臥著的山草感覺許醫生、沈醫生和清秀的女護士都遠遠地忙碌著。待他們圍攏來，賊亮的落地探照燈從下首左右兩側射過來，空曠隨即凝聚，氣氛便開始集中。

「脫褲子！」許醫生命令，寬洪的聲音沉悶地從口罩邊縫裡擠出來。

山草瞥見護士不安的目光，遲疑了一下，還是遵命解帶。等沈醫生說了聲好的時候，山草立即想像著自己醜陋難看的暴露部分。這個樣子實在是很不忍心面對一個漂亮姑娘的啊！卻又瞥見她眉眼處已經很坦然的神態，心才慢慢放到原處。

「開始吧！」是許醫生對沈醫生和護士說。

「打麻藥，啊，有點痛，熬熬就好。」是許醫生對山草說，原本洪亮的嗓音壓得很低。

山草故意分散自己的注意力，一塊一塊地凝視著天花板上的洇斑，尋思它像啥。此刻正看著既像孔夫子又像鍾馗頭的斑塊。孔夫子教化下的仁愛不知何時已被擋進歷史之中了，鍾馗也捉不了現代鬼了，「鬼」們也就無法無天起來了……正想著，底下有如黃蜂蜇、螃蟹鉗般刺痛。山草長長地嗆了一聲，又將嗆聲緊在牙齒裡邊。沈醫生便安慰：「一歇歇就好。」他坐右側輔助。護士做了個手勢補充：「六針，就六針。」聲音很甜。她立在左側遞器械，正遞過一個纖瘦的針筒。

山草感覺許醫生的手指靈巧地在屁眼周圍遊動，間歇地被刺痛一下，疼痛感逐漸減弱。接著，山草感覺底下內壁被拉出來，被剝吱剝吱剪去。右側沈醫生的手便伸過來，用棉紗什麼的洇去止血。護士便遞過針線。許醫生穿針引線，拉線哧哧有聲。伴隨剝吱剝吱的剪肉聲，和哧哧的拉線聲，山草感到痛不像痛酸不像酸，卻比酸痛難受百倍的疼痛。如此數個回合後，敷藥、包紮，手術便完了。護士甜甜地說十二分鐘。山草卻感到經歷了漫長的起死回生的掙扎。

山草一手捂住屁眼，猩猩似地步出手術室。山草老婆笑著迎上來扶，扶山草的兩手笑得微微抖動。山草說：「你笑啥？你笑我也要笑，一笑下面痛。」山草老婆說：「看你副樣子忍勿牢呀。」但她還是忍住了笑。

步入病房，大家都用笑盈盈的面容和眼神相迎。山草用浸透著難受的笑容回報大家，心想此刻自己一定像個敗下陣來的殘兵。他艱難地側臥於床，讓護士吊鹽水。

護士那張粉嫩的娃娃臉，像是一碰要滲出水來，笑容就凝在那上邊。弄好針頭後她說：「你個名字真怪。」「是嗎？」山草略微欠一下身，「山姓《百家姓》裡有的。一千五百多年前這城裡就有叫山謙之的，寫了一本地理書《吳興記》，他是我的祖上。」山草老婆就笑說：「牛皮。」於是大家都笑。護士走時笑問：「假使你有妹妹一定叫山花？」山草說：「正是。你真聰明。」山草老婆又笑說：「啥呀，有個弟弟叫山松，妹子叫山紅。」山草介面說：「花不就是紅的麼。」說罷嗖嗖地吸氣，艱難地擺妥屁股的位子。

二十四床老陸處來了幾個探病的親眷，都是他的長輩，老實巴交的農民，說一些農村裡收成的話。眼下正秋收，老陸的承包田都由他們收進屋了。山草生在鄉下長在鄉下，對播插、管田、收割這一套爛熟於心。所以聽著很親切。農民管田莊不容易，如今全是上了年紀的人種田就更不容易。面朝污泥背朝天，風吹雨淋日曬的，五十多歲的人老得賽過城裡七十多歲的了。

山草老婆與他們搭腔，問今年收成怎樣。他們說收成倒不錯，風調雨順，但收成再好，也生不出幾個鈔票，顧隻嘴而已。若不做點生意，那就是從前的貧下中農了。

山草忍不住問：「糧食收購價不是提高了麼？」

老陸朝山草這邊欠欠身子，很義憤填膺地說：「差價到勿了手，全是村幹部捏著。你去拿，就講你欠了該樣那樣費，老百姓哪敢去討啊。」

山草便不吭聲。心想這樣的事如今多了，小官壓百姓，大官壓小官。上頭有一尺章法，弄到下頭就剩不下一寸了。前幾天，山草聽說一個領導幹部在會上指示，要把群眾上訪堵在基層，消滅在萌芽狀態。山草簡直不相信自己的耳朵了。這是共產黨的領導幹部說的話嗎？都把自己放到工農群眾對立面去了！山草不只是氣憤，更是寒心。因為擠擠一堂的幹部們都聲稱這個辦法好準備下去圍追堵截，竟然沒有一個人說一個不字。

山草被屁眼的燒痛和心裡的不快弄得很煩躁。護士，護士長，乃至許醫生，先後都來問小便了沒有。山草叫老婆舉了輸液瓶，去廁所試了幾次都未成功。儘管小腹中鼓脹，就是出不來，無奈只得熬著。熬尿成精，熬屎成病。早先或許經常熬屎，便熬出了惡痔。現在熬尿，豈不冤煞！山草這樣尋思著，便天馬行空，漸漸迷糊起來。胸中卻開了天窗一般，頓時豁亮，洶湧出一段文字來：

某公心高志大，胸懷凌雲大志，只奈官場腐敗，身手施展不得，苦悶異常。一日，得異人指點，學會隱身、牽魂、定身之術。興奮之餘，欲一試身手。一日進一會堂，隱身於角落。臺上齊煞煞一班要員，要員中的某長正作報告：「……整治腐敗是我們的手段，清政廉潔是我們的目標……」台下忽響起嘰嘰、嘀嘀之聲，此起彼伏，隨後響成一片。只見衣冠楚楚、大腹便便、華服妖妖者們紛紛掏出手機。某公即作法，令手機對方之聲響徹於堂：「喂，你死哪兒去啦，想死我啦，想死我啦……」「昨日那個，味道……」「天都樓，請務必來……」「喂，你這個不要面孔的，我要告你……」「局長你忙一定要幫的，好處麼……」發嗲、色迷、恭維、責罵、懇求……各種各樣之聲在會堂裡會串，繼而響到臺上。報告仍嚴肅地繼續。

某公手舞足蹈地潛出。又一日至「天都」，見三條裸物揉作一團，一男二女。男的正是那天作報告的某長。某公驚絕失控，大呼：「幹的好事！」某長受驚而虛脫，自此陽具萎也，狗鞭、牛鞭食無數，未奏效。某公連連得手，遭忌，牽動警方，列為要案。某公便異地故技再演，樂此不疲。便有童謠流傳：「鬼青天，看勿見；官老爺，可憐見。鬼非鬼，人非人；邪克惡，天地心。」

評曰：民盼青天，無奈好官少矣。痔疾十之居九，而克痔者若許醫生輩幾多焉？若某公之俠義者幾多焉？

山草猛地醒來，知方才是夢囈而已，感到可笑。見輸液管內晶瑩透亮滴著的液體，頓覺下腹鼓脹異常，忙叫老婆舉了瓶去廁所小解。山草急急跨上臺階，掏出傢伙，可是屁眼一痛，尿又被阻住。身旁一人正下臺階，問：「還沒尿出來？」山草痛苦地搖頭，認出他是對過病房的痔友。他說：「你看著水龍頭放水，思想集中，盯牢試試。」山草疑惑。山草老婆說：「試試看。」遂開龍頭。山草試了，果然靈，先滴出幾滴，接著一線，又接著嘩嘩而下了。

山草十分舒坦地回病房，說：「這方法靈！」大家驚異地朝山草看。山草老婆便說：「對過靠窗這個教的，看牢水龍頭放水。」山草接過去：「嗨，真靈，尿就出來了。」大家才明白是怎麼回事。老陸說：「喔，就是這個跳樓的呀。」便說出他的一段事來：他開刀後第三日，大便還拉不出，又痛得忍受不了，撲在窗臺上大叫不要活啦，要跳樓自殺。他老婆在一旁覺得好笑，說你跳呀，你跳呀。他伸起腳想爬上凳子，剛跨起一點點就喔唷喔唷亂叫……

正說著，這老兄邁著猩猩步笑咪咪進來了。滿房裡頓時爆發出笑。山草想忍忍不住，捂住屁眼，不出聲地在肚內笑。笑了一陣，問山草：「尿撒好了？」山草這會也止了內笑，說：「你這辦法確實靈。」

「也有不靈的。對過中鋪的長子樂癲癲進來，指指小趙說：「這個插管子的。」老陸、靈芝、跳樓的、小趙的母親、小芬等眾人又笑。山草和山草老婆不解，問：「又有啥笑話呀？」長子於是說：「兩個護士小姐插來插去插了長遠，一個撮牢他這根東西一個插管子，小夥子羞也羞煞了。」

大家又笑。山草這回笑出了聲，屁眼顫得一陣燒痛，又嘿嘿地內笑，眼淚也出來了。山草老婆笑得上氣不接下氣，說：「肚腸筋也笑斷了。」靈芝說：「這裡有趣煞的。」小趙母親接過話頭：「這裡的人全蠻好的。」

「痔瘡朋友麼。」

「痔瘡朋友麼。」

跳樓的和長子都這樣說了一句，樂呵呵地弓著腰出去了。

山草心裡一陣爽快，底下的痛似減去了許多。吃午飯了，山草原不想吃，沒有預訂。看著老婆狼吞虎嚥般吃得津津有味，頓時升起食欲來，感到饑腸轆轆了。便叫老婆去買來兩碗餛飩。二十顆大肉餛飩，山草一口一顆，很快就惡狠狠地吞下去了。

……

●

後果：山草術後一切正常。半月後出院。許醫生叮嚀再三：「千萬注意大便不賴馬桶，忌食辛辣，勞逸結合，睡眠充足，心情舒暢。半月之內尚需塞藥……」山草頻頻頷首，說：「記住了。謝謝許醫生為我割除惡痔，不僅一身輕鬆，心情也清爽了。」說罷。握手告別。山草坐進「計程車」回家，開始構思新作〈十人九痔〉。他決定，繼續按自己的思路，把小說做下去。

十人九痔

朋友們聚餐，杯來盞去後，便神侃海聊。喜的悲的無話不說，最終落腳在官場腐敗、世風不振一類叫人掃心的話題上。A君便歎氣道：「唉，如今貪的多，還有幾個廉的！」話到此，該是偃旗息鼓的時候，偏偏B君滋溜一口酒下肚後，又慢聲慢氣地說：「人喲，誰叫是十人九痔呢？」

十人九痔，真他媽絕！滿座鴉雀無聲面面相覷一陣後，頓時又哄然大笑。

A君捧腹問：「莫非老兄也有這毛病？」

B君嘿嘿一陣，說「你也有……」

滿座又面面相覷、鴉雀無聲好一陣，然後哄然大笑。

我說：「你們笑什笑！聽我說。」

我說：痔生於下體陰處，見不得陽光。雖非大病，但患時滋味卻十分難受。在我們苕城，過去有過兩個老中醫，專治這惡疾，道行很深的，一個是陳致德，一個是潘翰林。陳氏專攻，潘氏兼治，都是一把剪刀做手術乾淨俐落，手到病除。但後代們嫌晦氣，都不肯傳此衣缽了。也有不嫌的，那是潘醫的兩個小徒，叫沈秀民、薛家仁。年小，都未及學藝，先生就走了。於是又投陳氏門下。陳醫也至暮年，誠心想授技於他倆。沒想未及臨床，陳醫先去了。便將一生所積醫案交給徒弟。這是在民國三十六年那年初春，都剛到十八歲。兩年後，二人初試鋒芒，開出診所，掛「德林痔科」醫牌。德是陳致德，林是潘翰林，意即繼承先生痔科。到解放後，「德林痔科」已名震東南，沈秀民、薛家仁兩位醫生都被譽為惡痔剋星。他們在苕城紅火了二十年。其間，苕城沒有「十人九痔」的說法，薛家痔科的剪刀容不得惡痔為患……

朋友們楞著看我，等著聽下去。我說完了。眾人於是你看看我我看看你，突然都噴出笑來。狂笑一陣，似乎確認了在座的也是十人九痔。

一直沒說過話，光知道陪人笑的E君這時說：「在座各位，本人職位最卑。小科員一個。爾等是否小有藏污納垢的呀？」

眾人左看右視著，又都噴出笑來。

A君說：「取笑了，這年頭，我等有些小收益，也不上規格的。」

B君說：「這規格上千是小意思了」

E君嘿嘿笑著說：「說件新聞，不知有無聽到過，好比一塊磚砸了四個經理的笑話差不多。」

眾人好奇，催E君快些說。E君便說了。

說的是南邊一個政府機關將要喬遷新樓。沒想還沒搬先出了事。一天臨下班，一堵牆塌下來，壓住五個人。都傷了，住進醫院。巧的是，沒多久這五個人先後被起訴，主罪受賄，兼瀆職、嫖娼。其中副縣長一人、局長一人、副局長一人、科長一人，諸位說說，隨便一壓就是五個，不是壓了賊窩了嗎？

眾人面面相覷一陣後，都說了句：「是真的嗎？

E君說：「聽我南邊一位朋友說的。」

於是，一陣哄笑。都說，言過其實，言過其實。

我說：「再聽我說。」

於是我說：「德林痔科」並進醫院後，沈醫、薛醫主持外科，兼診皮炎、瘡癬、損傷諸症。因了「痔瘡剋星」的盛名，「文革」中吃盡苦頭，起初，是被貼了幾張大字報，揪上臺受批判。這倒沒啥，只要能上手術臺動剪刀。真正倒楣，是倒楣在為縣革委會主任割痔瘡上。如此重大的革命任務，院長交給沈醫、薛醫完成，沈醫主刀，薛醫輔助。這位「三結合」進去的革命幹部底下那瘡生得玄，沈醫手中的剪刀難於深入淺出。又是剛從批判臺上被叫上來，曬了半天烈日，眼有些花。這可是給革命幹部剪痔瘡，心裡一緊張，手也哆嗦，無意中漏剪了一顆。兩個多月後，沈、薛二醫被叫到了院革委辦公室。只聽得主任大喝一聲：「你們曉得犯了啥罪嗎？」沈醫頭一大，嗡嗡作響。又聽主任訓斥：「縣革委會主任痔瘡復發，你們對革命幹部啥態度啊?!」二醫都感到事情不妙，連忙低頭認罪，等候批判。卻沒有批判，這位受惡痔煎熬的革命幹部已躺在手術臺上，正等他們去二次手術呢。這次手術沈醫很用心，自然做得很好。這位革命幹部頗大度，倒過來感激兩位醫生。這令沈醫無地自容。他越想越不是味，覺得有辱「剋星」之譽。在一次長達半日的陪鬥之後，他再也沒有回家。他在青年公園門口哪塊桑地裡一棵桑樹上了卻了殘生。

「我看到了沈醫的死相。」

說了這句話後，我朝各位看看。朋友們的臉都陰沉了一會兒。

A君說：「死人的事是經常發生的。不過彎腰屈膝著地的吊死，確是少見」

B君說：「二十多年前的陳年舊帳了，說他作啥！彎腰屈膝著地？沈醫是屈死！」

E君說：「可惜了『痔瘡剋星』的威名。」

「難怪『十人九痔』」這話要叫響了。這話我沒說出口。

我於是滿杯地喝酒。朋友們都在滿杯地喝。

都醉了。滿桌狼藉，一地狼藉。

苗子

小B在光亮的辦公桌前狀態悠然地坐著，自我感覺很好。

這是他被安排給書記當秘書的第八天。昨晚，苟副秘書長來向書記問安，對正在清理套間的他說，孺子可教也。書記也用滿意的目光看他。

在這個城市上高中時，就夢想進這個象徵著最高權力的機關工作。他立志要為才四十掛零看上去卻有六十多的父母爭氣，要為世代未出過「農」門的窮家光宗耀祖。所以他很珍重自己，因此也決不懶散和放縱自己。以全市第三名的高分考入北大中文系，畢業前夕又趕回來考公務員，因名列前茅被市委辦公室選中。他的一氣呵成的過程，令市委辦所有人刮目；他的幹練認真的工作與隨和謙遜的態度，更得秘書長賞識。這使他兩年時間上了兩個臺階，從辦事員升到了副科長，又任用為書記秘書。

上任前，是苟副秘書長跟他談的話。

「小B啊，這可是領導對你的信任呢，要珍惜啊。」

「請秘書長放心，一定不會讓您失望的。」

在這以前，苟副秘書長是書記秘書，他升了副秘書長，就提小B當書記秘書。機關幹部永遠在信任和被信任的圈子裡水漲船高。

眼前這間辦公室寬敞而明亮，這僅僅屬於他辦公的地方。隔一扇門，裡面百多平米屬於書記，旁人不可貿然進去的，只有他在書記通知他時可以進去。全市上下有誰能有這樣的特權？只有他，他為此感到自豪。

快下班時，書記開門出來，笑著。他總是笑得很真實，說：「小B啊，跟我去趕個飯局。」小B說了聲：「好。」立即接過書記手裡的皮包，搶前開門，同時掏出手機通知司機出車。等二人從電梯裡出來，車子已在門廳前候著了。他又快走幾步，在書記到達車旁時恰到好處地打開車門，一手護住車門框，說：「書記當心。」然後他繞過車頭，熟練地坐入副駕駛的位子。

書記像是自言自語著說：「不去不行啊，否則這幫老闆們又要說我架子大了。唉，真是……」

每當這時，小B總是先欠欠身，回過頭來朝書記很甜地笑笑，然後回轉頭去說他應該說的話。今天的話題似乎重了些，他得想一想，合適了方可說。小B的腦袋畢竟是敏捷的，轉眼間就有了應對：

「誰讓他們是納稅大戶呢，父母官得尊重他們不是。」

書記聽了開懷地笑。笑一陣才說：「小B你很有悟性，很有悟性麼，後生可畏呀。」

小B這會兒就不假思索了：「要不怎麼叫公僕呢，公僕就是為主人服務，為主人排憂解難麼。」

「這就是初級階段呀，呵呵……這就是市場經濟呀，呵呵……。」

書記很真實地笑一陣，頭枕到坐背假寐了。

小B就轉而對司機說：「直接到『夢圓』。」

僅僅幾天時間，小B已經深諳內裡的道道了：與這些老闆謀事，是必到「夢圓」，官場上應酬麼必在「美都」。兩家都是四星級賓館，各有所妙，去者自然能各得其所。

今晚席上到的都是本市經濟界的首要，有兩家房地產公司和四家建築公司的老總、開發區主任、人行和建行的行長。杯盞交晃之間沒什麼大事，兩個地塊的開發大事早在之前妥貼了，剩下的僅是席上的慶賀。令小B感到幸慰的是，他總能在這種場合坐在書記下首，不僅可以謙虛地笑納來自這些大人物的恭維，還能俯視他們的一舉一動。這一招是苟副秘書長傳授於他的，他說千萬別小看了自己，在他們面前我們要撐得起、撐得住。因為你撐的是書記的臉面，掙的是市委的尊嚴，可含糊不得。小B哪能會含糊呀，不光不含糊，話也不多，言多必失呀，他還得幫著書記一塊應酬，變著法兒地將一瓶瓶五糧液灌進他們肚裡去。

從「夢圓」出來是晚上七點。書記日理萬機，半夜以後才是晚。便吩咐司機開車回機關。

到了辦公室，書記說：「我先去歇半個鐘頭，待會兒市報的俞記者來採訪，關於工程的事明早要見報，你先接待一下，七點四十分叫我。」

小B應承了，伸手關上門。

俞記者小B認識，她是報社的社花，還寫得一手好文章，之前來採訪過兩次。小B知道除了採訪還會有什麼，外界的花邊傳聞他也聽說過。他的工作是為書記服務好，既然是服務好就別管那麼多。苟副秘書長語重心長地教導他的經驗中，特別強調了別問為什麼，別管份外事。

為了不誤事，小B特地將辦公室門開著。七點四十分，俞記者嫵媚溢香地進來了。小B熱情地招呼、情坐，書記的門就開了。他朝俞記者真實地笑兩聲，說：「真準時啊。」

小B於是給俞記者泡了茶，放到她坐的沙發前的茶几上，然後輕輕出來，帶上了門。

一個多月後，經過民主推薦、室務會議討論，並報組織部備案，小B被任命為市委辦代管的機要局的副局長，為正科級幹部。其原工作和辦公處照舊。

事後，荀副秘書長特地找小Ｂ談了一次話，他語重心長地對小Ｂ說：「小Ｂ啊，你是棵好苗子，書記說了，市領導的秘書怎麼可以是副科級呢，要想辦法扶正。這不，給你掛了個副局的職務，工作麼不變。你可要珍惜噢！」

小Ｂ感動地點頭稱是。

小小的故事

小小從前是一個靦腆懦弱、不敢發言的姑娘。分別了二十年，竟然脫胎換骨變了一個人，虧她有這麼大的膽量，這麼大的組織能力，把四散於全市和外地的四十多位同班老同學召集在一起開同學會。

真叫人刮目相看啊！我想，一定有什麼原因，使小小改了稟性的。果然不出所料。在我的追問下，她答應給我講述一個關於她過去的故事。我於是懷著極大的興趣，聽她講。

她說，她和志文一道插過隊，這老同學都知道。她先上調，她後考入大學，於是她在經濟上接濟他。後來他當上了工程師，她成了紡織勞模。她慢慢覺著他好像變了，變得對她不如以前熱情了，於是就懷疑。有天深夜他未歸，她去他單位，見他和一個漂亮時髦的女人，也就是他的助手袁雅琴在一塊，都坐在沙發上睡著了，桌上攤滿了圖紙、參考書。

小小就覺得他倆有事。又有一次，小小上中班因停電提早回家，見他倆扒在桌邊看圖紙，靠得很近，袁雅琴的襯衣領子敞開到第二顆鈕扣處。就想到了他倆肯定有過事了。於是她氣得打了他一巴掌。打了巴掌又後悔，怕男人被女人打了巴掌會倒楣。就在這時廠工會要她參加市勞模療養團，上靈岩山休養、旅遊。小小不想去。她母親信佛，平時雖不讓女兒出遠門，這次倒動員她去，說靈岩是有名的佛地，佛會保佑的。丈夫志文也動員她去，這叫她更生懷疑。她還是去了，在靈岩寺連抽三個下下籤，精神上受到極大的打擊。還做了一個莫名其妙的夢。夢醒後，她就提前急急匆匆返回了。

這是我濃縮了故事的梗概。限於篇幅，我無法全數複述小小的生動故事。她講得委婉動聽，起伏跌宕，很有文學味道，而且很動感情。

小小的故事講完後，輕鬆地吁一口長氣，很開心地笑著對我說：「老同學，你一定能猜出我為什麼會變成現在這個樣子的原因了吧？不過我的人生轉折發生在這以後，得失都有，但得到的比失去的更多，你相信嗎？」

我正思量著，聽她問我，就點了點頭說：「相信。只有觸到靈魂最底層並把靈魂徹底兜個轉身後，才會大徹大悟，這是我從書上看來的名言，不過一般人做不到，我也做不到。像你這樣，看得出，陣痛過去後一定生活得很愉快，很充實，是吧？」

小小咯咯咯笑了，說：「你說得不錯。」

「佛真有這麼靈？」我問。

她調皮地一笑，神情如小姑娘似的，可額頭上皺紋也堆起來了。忽然，她煞住了笑，沈默了一會兒，搖搖頭說：「開始我還有點信，受了我媽影響。後來，我終於明白了，佛幫不了我的忙。如果說佛有力量的話，那佛就是我自己。後來我遇到了一個人，經輕輕一拉，就把我拉出了苦海。」

「誰？」我興趣極濃，以為她又要講述一個動人的真實故事。「就是我的故事裡的袁雅琴的丈夫。」

真羅曼蒂克啊！我驚訝極了：「你們……」

別誤會。他調到我們廠當廠辦主任，是個業餘作家。開始並不認識，他動員青工讀電大，說我是個年輕的勞模有前途，應該在文化上領先。起先我不肯，他說去試試再說麼。一試就試牢了。慢慢地我也理解那位與袁雅琴為什麼這樣談得來了。後來知道他是袁雅琴的丈夫後，心裡挺彆扭，就不睬他。他倒像沒事一樣，還找了一個機會對我說，雅琴早就說過你和你丈夫，我也體味到一些你的心情。我瞭解雅琴，相信雅琴，希望你也不要對志文誤會太深，還是……」

我打斷小小：「他們的事他不知道？難道一點醋意也沒有？他還是個男人嗎？」我有些激動。

小小噗哧一下笑了，說：「你猜他怎麼說？他說志文和雅琴就是工作上接近一點而已，就像你和我一樣。我當時就火了，幹嘛拿我比呀？」

「你相信？」我的目光咄咄逼人。

「開始也不相信，後來就無所謂相信不相信了。因為我也慢慢解脫了，心裡全是現代漢語、古今中外文學，也有了說話的人了……」她說著看了看我，推了我一下，「你可不要誤會噢，我是意志堅定者。」

「我不誤會你。要真那樣，多掉價啊！後來呢？」我關切地問。

「後來我電大畢業了。正好原先的工會主席退休了，廠裡就提拔我補了缺。廠工會主席這個官可幫了我大忙了。讓我學會了活躍，學會了開心。平時空下來就讀讀書，也寫點豆腐乾文章見見報。」

「噢……」我沉吟了一下，遲疑地問，「那你們現在到底怎麼樣了？是分開了還是……」

小小站起來，猛擊我肩頭一掌說：「現在還在一起。他需要我們的家，我也需要我們的家，兒子也需要父親和母親，我們也都快老嘍。」

「就這麼簡單？」

她兩手一攤：「就這麼簡單。」

「好你個小小，我服你了！」我說著也站起來，在她肩上揍一記，「叫我做不到你這樣。」

她就問：「你呢？還好嗎？」

我說：「我可沒你這樣驚天動地的故事，平平淡淡、清湯寡水過日子。」

「這樣也好。」

「是啊，沒什麼不好，可我比你老多了，真羨慕你。」

小小於是開懷地笑起來了。我跟著也大笑。笑聲牽動老同學們好奇的目光。突然有弧光一閃，有人給我倆拍了照。

照片上的兩個女人笑得很瘋，我十分珍愛這張照片，放大了掛在牆上。每次進房見了，就好像聽到了滿屋子的笑聲。

捉姦

千井灣煤礦三面環山，山上青的竹、翠的松。礦工宿舍坐落在南山坡，如雲的青翠掩映四幢二層盒式磚樓。上兩幢縱排在坡上，東邊七號樓，西邊八號樓。下兩幢縱排在坡下，兩幢間隔個籃球場，東邊六號樓，西邊九號樓。九號樓走廊西門前齊球場橫邊有條水泥小路。小路沿坡有石級北上，接著八號樓的側門。八號樓側門前兩邊是五六米寬的沙質平地，有幾棵大瓷碗粗細的松樹，旁邊還有一蓬蓬茂密的灌木叢。水泥小路往南，下坡走石級，再橫穿山窪間梯田，對面就是職工食堂。

這時，正午的炎炎赤日毒辣辣地照下來。有人敲著飯盆往食堂去，有人端著飯菜邊吃邊朝宿舍區走來。都只穿背心、田徑短褲。這地方不大有女人，都無所顧忌。田徑褲是程亮頭一個穿出來的。程亮崇拜礦籃球隊主力鄒健，學著樣穿起運動褲，在球架下跑三步投籃，老投不中，可穿上這身背心短褲，倒像模像樣的好看。於是，同寢室的趙青、錢柏森、朱文宏還有我便看樣，很快大家流行起這身打扮。我和程亮是市里的知青進礦的，趙青、錢柏森和朱文洪是復員軍人。五個人上同一個班，天天同進同出，幾乎形影不離。這會兒都扒著、嚼著、咽著飯菜，一溜兒從田間水泥路走上來，進入樓前的樹蔭裡。嘴的拼命咀嚼，使油光淌汗的面部顯出各樣的生動來。煩人的蟬在肆無忌憚地鳴著，此起彼伏的，好像還不嫌天熱似的。

錢柏森將最後一瓢羹飯送進嘴裡，嚼了兩下後罵道：「哧！鬼天唉，熱得哩。」

「日頭忒毒！」朱文宏也罵。

「六月裡太陽曬煞人麼。」程亮也罵。

我指指球場沿山坡一面大字報棚上幾條要「打倒」誰的標語，朝他們噓噓，剛要說討批鬥是不是，卻見趙青張大嘴巴盯著八號樓門口看，花騷的大眼閃出有異彩的光芒，就連忙改口：「唷老趙，你看啥呀？」

順著趙青的目光看去，是新來的小寡婦婁蘭芳。丈夫死在井下，她來頂職，這時正坐在八號樓前的松樹蔭裡哄兒子吃飯。我們幾個都沒有見過，不知她的長相。遠遠望去，倒有點窈窕和白淨的感覺。聽說不大好看，眉眼卻有些妖，不過在這礦區也算是荒草叢中一朵花了。

錢柏森瞇瞇眼笑說：「趙青這隻貓聞到魚腥了。」

錢柏森曾經因一句在光棍堆裡驚世駭俗的話，被開除出童男行列。他說男女間做愛之聲好比「貓吃麥粥」，足令童男們對這種稠稠黏黏的聲音張開想像的翅膀。此刻他一說，便引起大家一陣笑。

朱文宏笑罷推推趙青，說：「吃麥粥去呀。」

錢柏森又接了一句：「吃麥粥去。」

程亮和我只是笑。學生子臉嫩嘴薄，葷不來。

●

九號樓住的都是井口推礦車、搬棚子料石水泥的運輸工。婁蘭芳頂丈夫職當了工人，也是運輸工，卻住在八號樓。因她丈夫原先也住八號樓，蘭溪人老鄉觀念重，八號樓住了許多蘭溪老鄉，圖個平時能照應她。

趙青則憤憤不平，說這些蘭溪老鄉對她不懷好意。我們幾個都責問他，是你看見了？還是聽見了？趙青張開嘴訕笑。趙青就是這樣，你跟他來氣了，他也不生氣，嘻皮笑臉一通，事就過去了。

趙青是我們五個人中的大哥，只有他已經結婚，而且有個七歲的兒子。他老婆前一陣剛來過，姓韓，是個村校教師，我們都叫他韓老師。韓老師瓜子小臉，窈窕身材，我們都認為她長得好看。可趙青卻說：「瘦，沒有勁。」我和程亮都不解意思。錢柏森則呵呵笑一通，然後說：「趙青的槓子起碼要挑一擔才過癮呢。」趙青罵道：「哧，柏森雖然沒結過婚，門檻賊精的。」朱文宏便乘機揶揄錢柏森：「柏森你常常在白醫師房裡，吃過麥粥沒？」大家於是都笑。

●

婁蘭芳偏偏分到了我們班。

我們班已有個女工胖嫂，是井口打點的。趙青有事沒事老湊到打點室去，有時順手捋一把，惹來胖嫂嘻嘻的笑著叫罵：「死阿青騷阿青你要死啊！」每當這時，趙青還會伸手，直到胖嫂討饒為止。婁蘭芳一來，打點室裡就安靜多了，就再沒有啥大動靜了。

趙青開始近乎婁蘭芳。倒沒有啥出格的。地面運輸麼，倒煤、放料，都是搬搬運運的重體力活。一包水泥甩上肩跨步就走了，二米四的棚梁子肩上一杠就走了。婁蘭芳不行。一個女流之輩，又如此瘦弱，豈堪重荷。趙青無非是幫她接個力，或乾脆替她扛了。我們幾個倒不忍心難為他了。可當程亮說了句：「這樣的英雄護美倒也難得。」朱文宏、錢柏森和我又忍俊不禁大笑起來，幾乎眾口一詞：「有這樣的美人麼？」趙青卻不笑，而且馬上走開，追上低頭走開的婁蘭芳，同她說話。是我們幾個的玩笑話讓她聽到了，不好意思或者生氣了。過一會兒，趙青又領她過來，臉上已恢復了自然樣。

胖嫂似乎有些怪異。一次因為天熱，我們幾個在井洞口吹風。胖嫂一把將趙青拉進打點室，肥碩的胸脯朝趙青挺挺，低聲說：「那個小寡婦身上沒肉，兩根骨頭夾條縫，有啥好的。」趙青毫不示弱，伸手捏了捏胖嫂的奶，嬉皮笑臉說：「你麼肉太多了，老高那把鑽恐怕打不到底吧。」我們在門外聽得哈哈大笑。老高是胖嫂的男人，有名的懼內，比她瘦小多了。聽說她有幾個相好的，堂然進她家門，老高竟不敢進屋。不知趙青有沒有去過。不然，此刻她吃的哪門子醋呀。

●

在千井灣，蘭溪人抱團抱得最緊，人也多，他們大多住在八號樓，多半是井下工。趙青與婁蘭芳近乎，最叫他們忌恨了。

婁蘭芳就被夾在了中間。人啊，誰個不喜歡知冷知熱的情意啊。

我們幾個起先還取笑趙青的花騷，後來有兩件事，竟也讓我們有些感動。一件事是婁蘭芳放煤車，剎車棍不大會用，車剎不住，眼看終點近了，還在軌道上飛馳。正好趙青回過來，見狀飛速上前幫她剎。車是剎住了，但婁蘭芳手中的剎車棍沒有及時拔出，隨飛轉的礦車輪子打過來，打在了趙青的小腿上。趙青啊唷一聲倒地，抬到醫務所看了醫生，還好，是輕度粉碎性骨折，上了石膏休養。婁蘭芳每天有空就來我們宿舍照顧趙青。這件事開始令我們對趙青刮目相看。錢柏森說他是英雄救美，可眼睛老朝我、程亮和朱文宏眨巴眨巴的。朱文宏便笑著會意：「有這樣的美人……」「嗎」字還未出口，婁蘭芳燦燦爛爛地進來了。

說婁蘭芳燦爛，還真讓我們眼睛一亮：短頭髮梳得光光的，別個紅蝴蝶夾。臉洗得淨淨的，又搽得噴香。上穿收了腰的短袖粉紅衫，下著湖藍百褶裙。飄飄然然地進來，滿臉掛著笑容，徑直走到趙青鋪前。

她給趙青送燉鴿子湯，給他補傷的。

我們都識相地出來。程亮認真地說：「休要講不美，還真叫蓬蓽增輝哩。」朱文宏推一記程亮：「去去去，詩霧騰騰的，不就是打扮得亮一點麼。」錢伯森不屑地說：「好了，多少鄉氣也不曉得。」我不作聲，心裡琢磨：這對男女倒是有情義的。

另一件事是婁蘭芳的兒子得了小兒肺炎，高燒發得昏迷過去，婁蘭芳急得哭了，求打牌打得正歡的一桌老鄉，竟沒有人應承。趕來九號樓我們宿舍。我剛巧不在，回城探親了，後來才知道的。當時就趙青和朱文宏兩人在宿舍。趙青二話不說就去抱了婁蘭芳兒子上醫院。要知道去礦區醫院有十多里路呢，這時天色已晚早沒有班車了。朱文宏看著感動了，一路陪著，還幫著抱了二三里路呢。他後來對我們描述的情景就到醫院為止，完了笑說：「我回礦上了，他們怎麼的，就不得而知啦。」我們立即哄地大笑起來。趙青沒有笑，臉微微有些紅，不知是為何。笑歸笑，她那幾個蘭溪老鄉卻被我們看掉了，見死不救還算是人嗎。

那幾個蘭溪人卻是尋機報復我們。幾天來，放料明顯多了，多得不正常。查查前後班的記錄，料都讓我們一個班放了。這事卻不好說，只好認了。只有婁蘭芳憤憤地說：「這幫豬，我要罵死他們！」也算出了氣。

有一天，錢柏森從醫務室帶回個消息，說蘭溪人要揍趙青。錢柏森強調說：「趙青，我親耳聽見的，你要當心啊。」我們也都勸他要小心，不可一人出去。趙青卻笑笑說：「朗朗乾坤，敢隨便打人？」我脫口說：「敢，怎麼不敢。大字報上說要打倒的人就應該是打倒的？！」

大家都感到事態有些嚴重。

●

事情終於要發生了。

這天我們中班下班，都快深夜十二點了，趙青突然求我們幫他忙。問他要幫什麼忙，他說出令我們很吃驚的兩個字：「捉姦。」問他捉誰的姦，他又說出令我們更加吃驚的三個字：「蘭溪人。」

「有沒有弄錯？」程亮問，神情有些嚴肅。

「蘭溪人？姦妻蘭芳？」錢柏森說罷便笑起來。

「他們姦他們的，你吃啥醋啦！」朱文宏說罷「哧」了一聲。

我唉唉兩聲止住他們後對趙青說：「老趙你可要想好嘍。」

趙青認真地點點頭。

夏天雖然還沒有過去，但在山裡深夜還有些涼。我們都只穿了背心田徑短褲，按趙青的布置分別蹲在八號樓前離妻蘭芳屋窗最近的灌木叢裡。先是覺悶，蚊叮蟲咬得很難受，後又覺冷。心裡煩躁出來，越覺得四周靜得懍人，隱約有窸窣聲從身後的灌木叢不時傳來，更讓人心驚肉跳的。我實在是吃不消了，大約個把鐘頭後便偷偷溜回宿舍。上樓開門一看，他們幾個都在了，程亮已睡下，錢柏森正要睡，朱文宏喝著茶。我說：「你們比我還跑得快啊。」都笑笑。錢柏森打著哈欠說：「這是作啥呀，管天管地不管戳×，這是老古話。」大家都不再說什麼，都翻身睡了。

起早，朱文宏叫起來：「喂，起來，趙青捆在樹上了！」

都驚起，伏到窗口一看果然是。趙青被綁在八號樓側門左邊的松樹上，脖子上掛塊木牌，糊著紙，上寫「流氓」和倒過來的「趙青」四字，還打了紅叉。右邊松樹上綁著婁蘭芳，脖子上掛兩隻布鞋。不少人圍觀，情緒似很熱烈。

我們匆匆下樓過去。跑了幾級石階看去，見趙、婁二人都低著頭，也許是不忍遭遇眾人的目光。趙青則閉著眼，神情漠然，像是瞌睡的樣子，咬肌動著，又分明醒著。婁蘭芳哭喪著臉，慘兮兮的。我們要衝上去，被錢柏森攔住。錢柏森說，上去了趙青更難堪。確也是，便又走下石階。發現大字報棚上新糊了一條大幅標語：「打倒流氓分子趙青」，名字照例倒著，畫了紅叉。漿糊未乾，粗粗的紅叉顯得血淋淋的。

我們同情趙青，也可憐趙青，又怒其不爭，丟人現眼。然而細想，事也蹊蹺，明明是去捉姦，怎會反被捉了姦？百思不得其解。儘管後來趙青發誓賭咒說：「真的去捉的，不想他們也埋伏了人，反把我捉了。」我便想起當時來自身後樹叢裡的窸窣聲。看來趙青上當了，我們後悔不該撇開他中途撤回。但事已至此，已經無可挽回，婁蘭芳的幾個老鄉事情做得如真的一樣，不容他人不信。

此後，趙青蔫了好一陣。

很快又到學校放寒假，韓教師又來探親，趙青便又天天喜形於色了。

殺屠

三官照例早起，甩開兩條短臂膊，搖著墩實的身軀，踽踽地走在千井灣煤礦去方園的公路上。

方園離千井灣煤礦就一里多路，是個小集鎮，是公社駐地。集鎮很小，就一條街。鎮街拐角處，開間肉鋪。屠夫外號俞疙瘩，別人叫得順溜，他應得也順溜。

晨霧中升起炊煙的時候，肉鋪下了鋪板，豁開一米見方的窗洞，上懸一盞昏黃的沒有罩子的電燈，臨豁口的長砧板上堆著豬肉。

鋪外的長隊騷動起來，最前邊的四五個人卻一堆擠著，往裡伸去握著錢的手。俞疙瘩多肉的兩腮呆板著，被肉包得快沒有了的眼睛從深處透出黑亮的光，陰陰的有些寒氣。陰寒的眼光掃一下爭相遞錢的顧客，飛快地收下一個人的錢，然後飛快地斬肉、上秤。

半個時辰不到，砧板上剩下最後一塊肉了，俞疙瘩便將胖胖的頭顱伸出鋪外，兩眼撐開最大限度，露出些眼白，目光裡終於顯出些暖意來，叫道：「後面不要排了。」無須多說，肉快沒有了。

俞疙瘩的肉鋪屬於供銷社的，他是拿國家工資的公家人。因地置宜，肉主要不是賣給山裡農民的。農民一個全勞力一天十個工分，值幾角錢，油鹽醬醋齊全已不錯了，何能奢侈到買肉吃！俞疙瘩肉鋪的肉主要是賣給千井灣煤礦的職工。礦工每月發五十五斤糧票，按時給工資，只要命大，在井下不出事，該用就用，該吃就吃，該玩就玩。紅燒塊肉、炒肉絲、爆肉丁、蒸肉包……，都是一道道佳餚。買到的自然興高采烈，買不到的自然掃興而歸。

每當這時，俞疙瘩將寬寬的斬肉刀往砧板上一斬，刀便穩穩豎牢。他兩手插腰，踞高臨下地俯視依依不捨散開的買肉者。滿是橫肉的臉抬著，傲慢地堆著笑。說不清是真笑還是假笑。俞疙瘩本來不叫俞疙瘩，大名俞順發。就因為臉上的兩堆肉，便叫成了俞疙瘩。俞疙瘩是不會惱的，說這是福相，別人想要還沒有呢。

俞疙瘩上了鋪板，準備關店門的時候，奚琴嫋嫋地過來了。

奚琴是井口調度室花調度的老婆，地面運輸工。三十五六年紀，雖然天天風吹日曬地上班流汗，面相卻不顯老，而且條幹好，又長得豐滿，胸脯高聳，腰是腰臀是臀的，渾身透出性感來。尤其那雙鳳眼，深深的、黑黑的，充滿磁力。在肥嘟嘟的厚唇露出笑意時，兩眼能攝人魂魄，即使生氣時，也會誤導有邪念的男人想入非非。

此刻，奚琴走近了，她的厚嘴唇笑得歡喜，眼光朝俞疙瘩飄忽飄忽的，很膩。俞疙瘩說了聲：「等你等得急煞了。」拉了奚琴進屋便動起手來。奚琴罵道：「騷狗。」身子扭著回避。俞疙瘩不肯歇手，摟住奚琴，一隻手已飛快插進她襠裡動起來，口中喃喃：「這個東西是我的，是我的……」把奚琴弄得嗯嗯呀呀叫喚。先是彎腰絞腿，一會兒又鬆開，渾身酥癱在俞疙瘩懷裡……

這精彩的一幕，被三官看個正著。

三官是我們運輸隊的老工，四十多歲了，老婆在老家嘉善西塘。他並非來買肉。他散步逛到肉鋪對面的供銷社門口，見奚琴搖著迷人的身段過來，心想肉也賣光了，還來幹啥？出於好奇，他便悄悄跟上，扒住鋪板從縫裡看究竟，看得心都要蹦出來了。眼看裡面嬉戲完了，急忙閃進鋪子側邊牆角內。

俞疙瘩送奚琴出門，叮囑：「夜裡七點來啊，不要忘記。」奚琴膩聲回答：「啊呀放心好了，一定來的。」

三官心裡說：好啊爛貨，還要送貨上門哪。正要出來，又見鮑米花拎隻菜籃扭著細腰遠遠道道過來。三官心想，還有「戲」看，便等著。

果然還有「戲」。這回，俞疙瘩一上來按住鮑米花的胸脯撫摸。鮑米花瞟他一眼，軟聲軟氣問：「我的肉呢？」俞疙瘩摸著她胸脯的手用力捏一記說：「這不是嗎。」鮑米花尖聲怪嗔：「你要死啊，人家痛的。」

三官心裡氣憤。這鮑米花平常還假充正經，原來也是個行貨。心裡惱著，不小心弄響了鋪板。

裡面的「戲」也嘎然而止。緊接著鮑米花閃出門，埋著漲紅的臉飛快地走了。

三官躲不及了，索性走近門喊：「俞疙瘩，還有肉嗎？」

三官做夢也沒有想到，俞疙瘩竟然將僅有的一塊坐臀肉賣給了他，兩斤還零半兩呢。

三官拎著肉，在回千井灣的路上喜不自禁地哼著小調：

南風勿及北風涼，家花勿及野花香。
家花有風香十里，野花無風十里香。

……

三官的短腿支撐矮胖墩實的身軀，老是一副溫吞吞的樣子。今天走得卻從未這樣輕鬆，見了石子踢一下，沒有溝坎也蹦跳幾下。三官心裡高興著，不由自主地往外發洩。都說俞疙瘩是偷香竊玉老手，今天親眼見識了，誰有這般眼福呢？而且遲來和尚吃厚粥，不想買肉偏又買到最好的坐臀，誰有如此口福呢？

一里多路實在太短了。甚至還來不及回味剛才見到的好「戲」，來不及罵幾聲婊子和淫棍，三官就已經到了九號樓宿舍。但三官是個什麼事都藏不住掖不住的人，這樣刺激的奇遇不說出來，他會比死還難過的。於是三官快步上得樓，大聲叫嚷：「喂，好戲啊好戲。」

一扇扇門裡鑽出些腦袋來，或走出人來，見是三官在嚷，又都縮了回去。三官的話向來沒有份量，沒有幾個人要聽的。

三官也是要面子的。要是往常，他就沒有聲響了。可今天不同，三官有資本了。他決心讓一直看他不起的人，對他刮目相看一回。於是又大聲喊：「喂喂喂，天大的秘密啊，我見著好戲了，我見著好戲了！」

一扇扇門裡又鑽出些腦袋，走出些人來。三官舉起手中的肉揮兩下，一副很得意的樣子，徑直走進我們宿舍，將肉往檯子上一摜，說：「我發現天大秘密了，我見著兩出好戲呢。」

「真的嗎？」我不相信三官能說出驚人的事來，有口無心地問。同宿舍的趙青、錢柏森、朱文宏、程亮也都不相信，望過去不屑的眼光，像是問：是嗎三官？

沒等門外進來的人開口再問，三官的胖手已經拍響桌子，猶如說書先生的開場。但三官拍響桌子後沒有馬上講秘密說「戲」，而是推一推肉說：「兩斤零半兩，啥人兩塊洋鈿拿去。」

和三官一個宿舍的紹興人杜乃初後進來，擠過來丟兩塊錢到三官面前，說：「算我的，燒來一道吃。」

三官狡黠一笑，收起錢，又拍了一記桌子，隨即一五一十地敘述剛才所見到的。他說得很耐性，很細節，也很投入。所以有聲有色，眉飛色舞，把眾人的心都鈎住了，跟隨他一拎一拎的。

三官敘述到俞疙瘩捏了一記鮑米花的胸脯後，朝眾人環視一圈，神氣十足地晃著胖腦袋問：「怎麼樣啊？」他著實被自己終於成了眾人的中心而感動了，一舉一動都充滿自豪。

眾人正聽得胃口吊起，都瞪了眼睛，等著更精彩的場景，比如解開胸衣，捋下褲子，顯山露水的鮑米花和俞疙瘩非常投入地進行，從三官的嘴裡被描繪出來呢。卻沒有了，於是有人問：「完了？」三官答：「完了。我不小心弄響了鋪板，裡面就收場了。」眾人頓時歎息，都深感掃興。但儘管如此，這些已足以使九號樓熱鬧了起來。

這一天，三官成了九號樓，乃至旁邊六號、七號、八號四幢單身職工樓的中心人物，多次被圍在宿舍裡，反覆敘述他的精彩見聞。

這件事當然令趙青、錢柏森、朱文宏、程亮他們義憤填膺，我自然也一樣。杜乃初拎了肉出門時甚至說：「快些想出辦法修理俞疙瘩，我燒肉大家吃。」有肉吃，又有刺激的事可做，自然來勁。我們宿舍於是成了形成決策的場所。

首先的議決是，俞疙瘩太可惡，必須狠狠打擊其囂張氣焰。仗著手中有把能否給誰的嘴巴以油漉漉的屠刀，竟然佔有多個女人，而且都是鳥中的鳳，女人中的「貂嬋」、「楊貴妃」。要知道在千井灣，一個女人搭幾個男人做相好，這不奇怪，女人本來就少麼。你俞疙瘩何德何能，要占盡千井灣的美色?!這分明是把千井灣幾百號男子漢不放在眼裡麼，是可忍孰不可忍！

其次，奚琴的男人花調度，是個好人，工友們都有口皆碑的。還有鮑米花的丈夫，是個井下挖煤的，為人不錯，也是血性男子漢啊。他們知不知道？讓他們稀里糊塗地戴了俞疙瘩這個大淫棍給的綠帽子，豈不悲煞人了！旁人也忍不下心去啊！

於是決定，過了半夜出發行動，在方園街上和集鎮的角角落落都刷滿大幅的和小幅的標語，徹底剝掉俞疙瘩的外衣，撕下他的臉皮，還其以畜牲的本來面目，叫他臭氣熏天，臭名遠揚。

幹這樣的事，九號樓的一班知青很內行。先去礦革委會政工組領來紙、筆、墨汁、化學漿糊，說要出大批判專欄，他們求之不得。然後很快議出標語內容，執管疾書。不消一時三刻，便寫就一大堆。書生筆鋒勝似劍，書生意氣斥方遒。指點江山，激揚文字的轟烈場面似乎逝去了，眼下重新操練也算過把癮。說好中班下班後行動，九號樓暫時按捺住欲發的激情、欲噴的溶岩。

●

夜涼如水。風輕輕的從公路兩邊山坡上的松林裡吹下來，裹著松針的清香。我們一行十幾個人輕鬆地踩響公路上的沙子，沙沙沙的，在彌漫著松香的夜空裡反增加幾分寧靜。我們的心卻不寧靜，年輕旺盛的生命裡躁動起昔日有過的激情。

方園被半圓的月的微光漫籠著，輪廓模糊卻依稀可辨。四周寂靜無聲，已沒有半個人影。除了幾簍昏黃的路燈，家家戶戶早已熄燈入夢。肉鋪裡也沒有燈光，從板縫望進去黑漆漆的。想必俞疙瘩和奚琴顛鸞倒鳳早已完事，鸞鳳各自回窠了。

我們十幾個人分幾路張貼，見有醒目的白牆，乾脆直接書寫。粗大的黑體字字形方整，筆力遒勁。足以令方園這個簡陋的小集鎮蓬門華戶倍增光輝。

臨上歸途，我們都有些慵散。是激情釋放以後剩下的疲憊，大家都需要激奮一下。三官不在，要不他興許還會重複他的見聞，但這已經不再會讓人新奇。

沉悶中，趙青咳了一聲說：「唉唉唉，講不定俞疙瘩、奚琴還赤身裸體抱牢著呢。」

言畢，錢柏森補了一句：「對了，男女偷情哪會一次就夠了的。」

氣氛就活躍了起來。你一句我一言地猜度起俞疙瘩和奚琴會做出怎樣的風流來。

朱文宏突然提議：「要麼回過去再看看。」

沒有人應諾，腳步卻不約而同地往回走了。這一走不打緊，卻走出個驚天動地來。

肉鋪裡仍舊一團漆黑。門卻虛掩著，輕推一下就啞地開了。眾人正疑惑著，有人拿起礦燈往裡照，眼前的景象令人發怵和驚呆。只見俞疙瘩被五花大綁在屋中央的柱子上，下身正好緊貼砧板。沒穿褲子，下體處血肉模糊。那根一向很張狂的東西皺巴巴血淋淋地躺在砧板上。那把寬展的屠刀刃處漬有血跡，陰森森插牢在一邊。

「被人閹了。」程亮首先輕而尖聲叫道。

眾人這才從驚怵中回過神來，收回目光，面面相覷，然後不約而同逃也似地走開。

歸途中的涼風顯得陰慘慘了，兩邊松林飄來的清香也讓人窒息似的。不知是誰發問：

「哪個做的呢？」

對呀，是哪個這樣狠，把俞疙瘩閹了呢？

附身

程亮被奚琴在礦部大樓前的馬路上打了一巴掌。程亮一下子被打懵了，一時竟不知歸路，糊里糊塗到井口轉了一圈，見花屏正在焊礦車，哧哧哧的，鋼花四濺。她戴著面罩，程亮是從她的外型上認出來的。

「花屏，你媽為啥要打我？」程亮踢響礦車問。

花屏摘下面罩回過頭說：「可能是你亂說了什麼吧。」說著，眼睛眄一眄，小嘴噘一噘，一副調皮滑稽的樣子。

程亮回到宿舍，瘟癟癟的晚飯也不想吃，大家勸也勸不轉。

我說：「說到底，是你不該去說奚琴和俞疙瘩的事，況且又讓她親耳聽到了。她心裡發悶，正愁沒有撒氣地方呢，這不是正好，不打你打哪個啊。她這也是順手牽羊，有一隻是一隻，程亮你是墊刀頭曉得嗎？」

奚琴是井口調度室花調度的老婆，花屏的媽，三十六歲，十八歲生的花屏，今年正好十八歲。奚琴和千井灣煤礦東邊方園鎮上的肉鋪屠夫俞疙瘩有染，礦裡井下地面話頭很多的，但都是背地裡嚼舌頭過癮，奚琴即使有些感覺也不便跟誰發作，「此地無銀三百兩」的傻事，她是不會做的。偏偏屠夫俞疙瘩出事了，被人綁起來剁掉了男人的命根。公社派出所一開始追查了，一時沒有結果，俞疙瘩本人堅決要求不要再查下去，畢竟是現醜於公眾的事，越查醜聞越甚。男根沒有了，生理還正常，只是再也不能用來做愛，展現他的雄健，這真是求「生」不得欲「死」不能啊。想想也是報應，誰叫自己弄女人弄得太多。於是被供銷社開除了公職也無怨言，默默回夼裡種地看山去了。可這事對於奚琴來說，是最敏感不過的了，人們過舌頭癮時往往避而遠之。偏偏程亮不黯世事，早班在井口鸚鵡學舌，嚼了一句，又偏偏奚琴從背後走過聽到了，程亮理所當然要吃她一記巴掌了。

趙青、朱文宏又勸他，就當是買個教訓算了。程亮氣還不順，說：「我不是冤枉死啦，被女人敲一記巴掌要倒楣三年的。此仇不報非君子，我要報一掌之仇！」

錢柏森過去拍拍程亮肩，說：「好了好了，君子報仇十年不晚麼，要報仇雪恥總會有機會的。」

錢柏森的話起了作用，程亮的胸氣開始順過來，提議去小吃部吃澆頭麵，他請客。眾人自然高興，歡歡喜喜出門。

小吃部在礦區街上，是「五七」家屬隊開的，當爐跑堂的自然都是礦工家屬，有老娘，也有小媳婦。

我們一行五人剛剛坐下，吳馨淑拿個搪瓷盆進來，瞇瞇笑著，白瓷般的兩頰漾兩個酒窩。她是絞車工，比花屏大一歲，她倆是小姐妹。

絞車工和地面運輸工都熟，便互相點頭、使眼色招呼。

程亮問：「也來吃麵？」

吳馨淑買了籤回身說：「上中班，井下工瘋了，連續拉煤，食堂菜也沒有了。」

這時，程亮不知怎麼的摸了一下臉。吳馨淑立即噗哧笑了。但只輕輕一下，很有笑不露齒的淑女樣。

吳馨淑說：「聽花屏說了，你嘴巴癢，活該！」

程亮的臉頃刻紅了。

我咳了一聲說：「小吳你不可以挖人凍瘡疤的。」

吳馨淑不好意思地朝我瞟一眼，隨即低下頭來，白瓷臉上泛起兩片紅暈，囁嚅著說：「不是……我不是，其實我……」她抬起頭來，「其實我蠻同情的，花屏她媽是過分了點。」說罷扭身去拿已盛好的麵。她身材小巧而豐滿，走路輕捷，才見轉身，一眨眼人就不在了。

千井灣女孩子不多。和吳馨淑、花屏一般大的還有杜娟和黃懷菊。杜娟也開絞車，黃懷菊是廣播員。她們四人從小一起長大，聽說還拜香結過金蘭。四人中唯獨吳馨淑性格內向，言語不多，喜歡看書，其他三人都有些大大咧咧。比她們大幾歲的早嫁人生子了。煤礦本是光棍的窠，姑娘一到十七八，就父母之命、煤妁之言地早早為人婦了。可她們的境況就不同了。礦裡連續招進復員軍人、城市待業青年和知青，這些煤礦的新生力量，一下子衝擊了原先固有的閉塞、落後、愚昧與聽天由命，她們是在這些新生力量衝擊舊煤礦的污泥濁水時，由小丫頭長成少女的，所以也沖刷並喚醒了她們原先荒漠一樣的心坎。

吳馨淑什麼書都愛看。我帶在班上抽空看的，她都說要看。這幾天她看的《聊齋誌異》，也是我借給她的。比較而言，她和我話多一些，當然都在上班的時候，所談的都是書上的內容。偶爾也說及她的三個小姐妹。她說她們有些看不起她。我問為什麼。她說只有她家是從北方煤礦過來的，她們幾家親戚都很多，唯獨她家在這裡舉目無親。其實這些是表象，實質是如她自己說的，她們嫌她太陰。當然我理解這不是陰險、陰暗的陰，而是性情朝北，不見光不透明而已。我說這沒有啥的，性格的原因。她便笑了，笑出兩個酒窩，白瓷臉頰飛上兩朵淡淡的紅雲。

錢柏森一次對我說：「是不是小吳看上你了。」

趙青、朱文宏跟著打趣。

我便嚴肅起來：「休要瞎講。」

程亮替我解圍：「人家是六六屆才子，有女朋友的，是同學，哪會看上礦裡的黃毛丫頭？」

這倒是。我們知青來礦的，有個共同心願，有朝一日調回城裡。哪個會自找箍羅圈往頭上套的！我心裡這樣想。可這以後，我對吳馨淑便有所回避了。但她對書的渴求，我還是很樂意滿足她的。

不久，礦裡時興起鬼怪故事來。我看書多而且雜，但感覺傳來傳去的鬼怪故事並非從書上來，許多似乎還實有其事，人物、時間、地點很具體，很真實。

我堅信世上並無鬼怪的。人們之所以熱衷於鬼怪故事，緣於故事本身在借鬼怪說世態人情，那裡邊有愛有恨有悲歡離合，是人間世象的再現。於是我也加入到時興中去了。但我說的多半是蒲松齡《聊齋誌異》中諸如〈嬰寧〉、〈畫皮〉之類的狐鬼故事，也很有聽眾。她們四姐妹碰上了也是熱情的聽眾，但吳馨淑聽著聽著不時會瞇瞇一笑，偶爾還插上一兩句，說不是這樣應該那樣。《聊齋》她看過了，她是在表示贊同，偶爾也補充或者糾正我的錯。

有一天，我們同樓的紹興人杜乃初過來說了一段奇事，驚得我們幾個張大嘴巴辨不清真假。說是吳馨淑昨日午時在花屏家被鬼附身了。這不是大白天說夢話麼，誰信呢？可事情說得又分明這樣有板有眼。

她在昏昏欲睡的初夏的中午來到花家，說了聲我睏了，便躺倒在堂屋裡牆根的單人鋪上睡著了。這鋪曾是花屏她奶奶睡的，她奶奶死兩年多了，鋪閒擱著。吳馨淑睡下沒幾分鐘，猛然坐起來，兩眼發直，身子抖著，口中就念念有詞：「房子漏了也嘸人來修，你拉倒日日吃肉，哈人曉得我伢苦頭，你拉忒介嘸沒良心呀，嗚嗚嗚……」哭幾聲，她又重新躺下，睡著了。

杜乃初又說，花家一家都嚇個半死，先是驚，接著是怕。他們深信這是老人家附在吳馨淑身上訴苦來了。因為吳馨淑平時一口北方話，怎會說這樣標準的嘉善方言？而且連聲音也像。花調度和奚琴立即忙碌起來，先是拭淨老人遺像，把櫥裡一碗沒有動過的紅燒肉供到像下，後又準備好香燭紙錢，今天起早乘車回嘉善祭墳去了。

事挺奇的。我想不信，又由不得不信。這事杜乃初是聽機電隊他的老鄉說的，他老鄉又聽花屏說的。看來是有這回事的。

下午上中班，吳馨淑剛巧開副井絞車。主井的大絞車房一般「閒人免進」，副井小絞車房隨便些。我乘沒有人時，問吳馨淑：「花屏的奶奶附你身上了？」

吳馨淑照例抿嘴微笑，笑深兩個酒窩，白淨面頰染上胭紅，稍久才支吾著說：「我我，我也不知道呀，我睏著了怎麼知道呢？」說罷又是淺淺一笑。說不清是調皮還是狡黠。

●

對於吳馨淑被鬼附身的事，趙青、朱文宏堅信不疑，說類似的事他們老家海寧鄉下也有，小時候不止一次見過。錢柏森和程亮將信將疑，說只是聽人講過沒有見過。我嘴上說肯定不相信，是事出有因的。但內心卻虛，因為吳馨淑單純文靜，年輕好學，求知慾強，如此淑女怎會裝神弄鬼！

事有湊巧。公司要舉行文藝調演，要求每個礦和直屬單位自創一出獨幕小戲，礦上指示由我編劇。我寫了出越劇《揀煤渣》，共三個人物：母親、女兒、毛腳女婿。母親和女兒兩個人物由奚琴、花屏母女飾演。這天，我和錢柏森去她們家說戲。錢柏森懂越劇曲調，戲由他作曲。我們去時，飯桌剛打掃好殘局。我們剛坐下一會兒，吳馨淑進來了。

吳馨淑未開口先抿嘴笑，說：「都在呀。」

我猛地記起附身的事，心想今日會不會也來一出。差點脫口，卻忍住了。我說：「相幫參謀參謀這個戲。」

吳馨淑這時臉稍許泛紅，又一笑：「我哪會呀。睏死了，讓我躺會兒。」說著哈欠連連，走到牆根鋪上和衣躺下了。

她的這個舉動，令我的心狂跳不已，錢柏森也很激動。我們憋著氣靜觀其變。

吳馨淑先吐個哈欠，隨即喘氣粗重，很快呼吸勻細起來，像是睡著了。她的睡態很安寧，側身朝裡，顯出美麗的身段來。

突然，她坐起來了，雙腳慢慢移下床，再慢慢站起來走前幾步，兩眼依然閉著。由於上下眼睫毛黑而長，緊閉時如兩扇烏緞似的窗簷。

眾人都緊張起來，是神態上的緊張，都吃驚地盯住吳馨淑。

吳馨淑猛地睜開雙眼，眼珠子定住，眼光呆滯、發直。上半身扭了幾下後，頭部開始顫抖。隨即張開小口吸氣，發出「嗷嗷」之聲。接著便念念有詞：「花屏拉姆媽，我淘看你拉面孔晦氣忒多，往後你拉勿要來望我伢。除非當面自家拍巴掌，一邊一記狠狠交拍。啊呀，格是哈烏塘呀，我伢要去哩。嗚嗚嗚……」

她念得陰聲陰氣、斷斷續續。念完又哭了幾聲，便合上眼簾，轉身回走，慢慢坐到鋪沿，兩腳再慢慢移上去，躺下，朝裡側臥，恢復了剛才的睡樣。

我和錢柏森面面相覷。因為涉及花家家事，似乎不便再留，但又牽牽連連的想知道下文，所以走也不是留也不是了。正為難，花調度過來示意我們坐下吃茶。他卻拉了奚琴到裡間去。

一會兒，裡間啪啪響起兩記輕脆的耳光聲。我的心一直拎起著，聽到巴掌聲心猛地往下沉了兩下，胸中便如弦繃緊一般。待他們再出來時，見奚琴兩個眼泡紅紅的，眼角有些濕潤。她哭過了。不知是為委曲傷心而哭，還是為敲痛了而哭。花調度則一臉的嚴肅，和我們點個頭就出去了。

看來戲是說不成了。我和錢柏森起身告辭。一路無話，心中卻鼓騰得厲害：吳馨淑是真附身還是裝附身？

趙青、程亮、朱文宏都在宿舍。我們將所見到聽到的一說，趙青、朱文宏連呼可惜，錯過了觀看如此精彩而真實的鬼附身的機會。程亮本來對此半信半疑的，這回也真信了。看著他吃驚的面容，我心中猛一激靈：好像和程亮有關。但當我一說出來，他們三人都笑我。趙青說：「你太不著邊際了。」錢柏森說：「你當是編故事呀，太想像了。」程亮說：「為我？你自作多情吧。」我莫可是否。

當晚是夜班，又是吳馨淑開副井絞車。

抽空閒時我問：「小吳，中午你怎麼啦？」

吳馨淑臉上又飛上紅雲，輕輕一笑使兩個酒窩更加迷人。低著的頭略抬起，瞟了我一眼。我看她眼光射過來，但長睫毛包著的大眼睛裡，分明還銜著無比豐富的內容。

她沒有立即回答我。沈默了幾秒種，才輕聲說：「我睡著了，誰知道怎麼啦。」

我不能再問她什麼了。再追問下去，會傷了她的心的。我不想傷她的心。我於是也朝她笑笑，自以為笑得意味深長。

我走開時，她在背後又輕輕地說：「《聊齋》快看完了，還有書嗎？」

我轉過臉回答：「《紅樓夢》，要看嗎？」

她點點頭：「要看。」眼裡露出興奮的光彩。

世態四題

改造廁所

礦務局行政處的基建助工羅琪，昨日連夜把早已擬好的改造礦區公共廁所的方案再次修改潤色，準備列席今天的局辦公會議，提交討論。

裝潢考究的會議室騰起第一縷熱氣。賴副局長泡好茶，一邊美滋滋地看碧綠的茶朵展開來，浮動幾下慢慢下沉，一邊思考他在會上該講的主導意見。

與會者三三兩兩進來，陸續到齊。羅琪這會兒準時到場。他頭一次參加這樣的會議。心裡不免發虛，步子有些慌亂。但他並未忘記「列席」的身份，揀了角落頭一個位子默默坐下。參加辦公會議的都是有關處室的副職。

「開會了。」賴副局長宣佈，又提高嗓音，「為了迎接礦慶，局裡決定改善一下礦區環境。今天的辦公會議就是研究這件事，主要是礦區道路、廁所、街面，還有環境衛生……」

羅琪頭一次這樣貼近地聽賴局長作報告，感到真切。而且所講正扣心弦，便有躍躍欲試的念想。這樣，他越想仔細聽，反而更走神了。待把心定下來，賴副局長的話已到尾聲：「……我有幾個意見，等一會再說，先聽聽大家的主意。請各位發表高見。」

按老規矩，接下來，副處們得一個個發言。

「我先說兩句。」局辦公室的孫助理領頭發言。他是局長的行政助理，追隨局長左右。「我想治理礦區環境，迎接礦慶，眼下最緊要的是招待所的花園停車場和局機關大院的廁所。停車場已動工不在話下，機關的廁所麼，無論牆裡牆外的，都實在有點那個，是當務之急，啊。至於別的，布置按包乾區突擊打掃就可以了。我說這些算是拋磚引玉，啊?!」

誰都知道，孫助理搶先發言，是給會議定調子。副處們都心照不宣，各自有了主意，孫助理這根竿一放，就順竿爬吧。於是都踴躍發言，很快形成了共識：眼下急需考慮的，惟有機關大院的廁所。

羅琪做夢也沒想到，涉及全礦區的環境治理大事，就這樣在輕鬆愉快的氣氛中有了結果。然而接踵而來的是莫大的悲哀，他的改造礦區廁所方案，已不可能再擺上桌面了。副處們關心的是自己每天要去光顧的機關廁所而已。

局辦楊主任待副處們都發了言後才咳一聲說：「我原則上同意大家的意見。不過，我建議拆建院子裡半個，牆外半個可繼續使用，免得一時無處方便。新廁所請羅助工設計得大方漂亮點，既遮得住圍牆外的舊廁所，又與邊上的花圃聯成有機整體。」

「好！」賴副局長叫道：「這個意見很好。」

孫助理哈哈笑道：「楊主任高見，本人剛才所拋之磚，果然引來了美玉，缺陷處被補上了。」

羅琪死也想不出楊主任的話中有啥美玉在，孫助理那塊「磚」也不過是爛泥坯而已。但不容他往下想，宣傳處冷副處長的發言令滿座驚喜：古人上廁所，發詩情、暢文思，想必所在一定令人愜意，機關麼，看文件、寫材料、擬計畫，離不開看與想。我建議改蹲坑為坐坑，就是抽水馬桶。免得蹲久了腿酸腳麻走不得路，機關幹部尤其領導同志，也得以充分利用時間。」

「哈……」副處們笑開了。是會心的笑，開心的笑。於是圍繞蹲坑和坐坑的問題展開熱烈討論。各說有理，漸漸形成兩派。主張坐者認為，上廁所同時還好辦公，適應改革開放的快節奏；主張蹲者認為，上廁所也反映工作作風，雷厲風行還是拖拖拉拉，大便不爽要便秘。

羅琪真糊塗了。辦公會議怎麼開得這般離譜?!他想到了他的方案，便按捺不往地開口了：「各位領導，是否能把目光從機關移開，看看礦區那些破爛髒臭的公共廁所呢。」

眾人頓時啞口無言。倒是冷副處打了圓場：「小羅說得還是有些道理的。不過事有輕重緩急，機關是首腦麼。再說弄好了做個樣板，以後再逐步推廣。既是樣板麼，就得上個檔次。明清時代，城中廁所有人經營，『與錢一文，給紙三片』，如今城市裡已這樣了，大便兩毛小便一毛。我們不妨試試，花點小費買個舒坦。」

「聽君一席話，勝讀十年書哇。」行政處王副處長說。他大解不暢，一天要蹲幾次的，感觸極深，冷副處長說的他十分入耳。他又想鼓勵一下他的下屬羅琪，於是說：「我看基本上按楊主任和冷副處長說的辦好了，同時顧及兩種意見，蹲位坐位都考慮，請小羅出個初步設計方案交大家審議如何？」

賴副局長早已不記得自己的主導意見，他正愁渡船無法靠岸，王副處長伸過了跳板。他感激地朝王副處長點點頭，說：「就這麼辦吧。下面我宣佈局辦公會議的決定，成立治理礦區環境領導小組，下設辦公室……」，他報了一大串名單，然後宣佈散會。

羅琪感到很滑稽。那麼多人的思路，怎麼都跟自己不一樣！副處長們走光了，他還愣坐著。

年輪

樹的年齡記在樹幹裡，一圈就是一個年輪就是一歲。老伴說，人的年藏在你心裡，過完四季就刻上一歲。

暮色有些蒼茫的時候，白老師踽踽地走進老屋院門，在門前石上坐下，對著院子裡兩棵樹凝望一陣。這是一棵桃樹一棵李樹。正當陽春，這是桃紅李白爭豔之時，這會兒，暮色已經蒼茫起來，桃李花色也就朦朧了。他怕見花色，又極想來看看。暮色籠罩著他佝僂著的身子，本已縱橫滿臉的溝坎卻被捋平許多。

他眯著眼看樹，猶如看他的兩個兒子。而且，分明聽到了鈴鐺般的嬉笑聲，在這兩棵樹下纏來繞去。

雙龍胎，這在鄉間是何等的榮耀！周歲那日，白老師從他的實驗地裡小心地移過一棵桃樹幼株，一棵李樹幼株。他是鄉中學的生物課老師。兩條小龍就伴著小樹一年年活潑地成長。

咯咯咯咯……稚甜的笑聲追逐著。這個院子裡，春暖花開時，真是鶯歌燕舞呀。一個說，桃是我。一個說，李是我。他便深情地朝被紅桃白李映得十分俏麗的妻子看看，不假思索地說，你是桃子叫桃君好了，我是李子叫李郎好了。妻子怪嗔，詩霧騰騰！兩個兒子一個說，那麼我是桃子。一個說，那麼我是李子。桃子和李子都是果實呢，是愛情的結晶，辛勤汗水澆灌的成果。他便和妻子會意，都笑得好開心……

白老師那被暮色抹平了皺紋的兩腮浮了些笑容，嘴也因此張開些，豁出個小黑洞。他依舊凝視著桃樹和李樹。

分明聽到了兒子稚甜的問。爸爸樹和我同歲嗎？李子問，媽媽我八歲樹也八歲嗎？記得那時和妻子會心地對視了一眼，都朝兩個兒子點了點頭，又蹲到樹前，給兩個兒子講述樹的年齡：樹一歲叫一個年輪……這本是在課堂上向中學生講授的知識，卻娓娓地對兒子們再說了一遍。最後他說，樹的年齡記在樹幹裡，一圈就是一個年輪就是一歲。妻子跟著說，人的年齡藏在你心裡，過完四季就刻上一歲了。兩個兒子若有所思，桃子抱著桃樹，李子抱著李樹。那一年，兩個兒子上學了……

十年樹木，百年樹人。白老師輕輕地歎了一口氣，唉，樹木不易樹人更難哪。白老師生分明聽到兩個兒子莊嚴的問答。

兒啊，記住，年紀刻到心裡去！是扶著桃樹對兩個兒子說的。那年兩個兒子十八歲。桃子參軍了。臨別時對他說，人要像樹，腰板挺得直。古人云三十而立，四十而不惑，建功立業固不易，涉世不惑就更難，銘刻年紀不可稍有鬆懈。桃子說，曉得了。李子說，一定要像爸爸一樣做人。接著是李子考上林業學校。臨別，父子們又重複了這些話。只是，李子說，我要先立業後成家。他便和妻子會心地相視而笑。那時節，桃樹、李樹都已掛滿果子……

鄉人們贊，一門出了文武兩狀元。桃子從班長當到了營長，李子在縣林業局當上了局長。他私下就和老妻說了，李白的詩「桃李出深井，花豔驚上春」，應在了我們老白家。那時，日子都沉浸在喜悅裡。新砌了二層樓房，一家人搬出了老屋。

就在剛才從新樓踽踽地走向老屋時，白老師在心底裡震動蒼穹地說，要曉得這樣，寧可終老在老屋啊！此刻，白老師倏地站起，撲向桃樹，曲筋凸現的枯手摩挲滑溜的杈枝。他心裡說，桃君啊桃子，你奔赴國難，在抗洪搶險中死得其所，爸媽無怨無悔。他心裡這樣說著，眼淚奪眶而出。白老師生又撲向李樹，使勁握著杈枝，心裡說，李郎啊李子，都是四十歲啊，你怎會在世情中亂了方寸迷了心思呢？停妻再娶不說，還貪贓枉法！你現在後悔了吧，後悔年紀在心上刻得淺了。爸媽曉得你知錯了，出來後回鄉好好過日子吧，三年我們等得及。

白老師在兩棵四十年輪的樹下佇立良久。暮色漸漸濃重。

人生七十古來稀。四十不惑，五十才知天命哪。我是奔七十的人啦……白老師關上院門，自言自語地往回走。

顏亭

顏家聲遠道而來，不為別的，就為尋找先祖遺跡。顏家聲是唐朝顏魯公顏真卿的第三十九世孫，久居外域，對先祖顏魯公的遺跡仰慕得很，總想來內地一次遊歷顏氏名勝。不想如願以償，自山東、河南尋尋覓覓，又尋到了浙江的湖州地面。湖州是他先祖當了五年刺史的地方，當年在此地勝事頗多。

顏家聲無意驚動地方，只想私訪領略勝跡，故而擇僻靜處賓館下榻。餐罷洗浴畢，便取出宋代的《圖經》複製本細細研讀起來。

我就是在這個時候敲響顏家聲的門的。說來巧了，他下午登記住宿時，我正好在邊上，見他寫下「顏家聲」三字，心中陡然生熱：莫非同宗？

開了門，不見有人招呼，原來他已踅回書桌。唷，是老《圖經》呀！我知道湖州的老《圖經》早已失傳，想不到這異鄉異客竟擁有這稀世古物。見我熟道，他問：「你是……」我說：「一筆難寫兩個顏字，讓你老見笑，愚侄顏天宇，顏真卿第四十代孫，哦，是旁系的。」他猛地躥起來，握著我手說：「原來是賢侄呀，此地人？」我便說了祖上一些事。唐大曆八至十二年聖祖魯公在任鄙州，往西南荊溪鄉顏村尋找堂叔，也就是愚侄的先祖公。魯公殉國仙逝後，先祖公便在村頭苕溪北岸築墳建祠，世代奉祀。顏家聲不聽則已，一聽連拍大腿，開心得不得了，非叫我陪他走遍舊跡不可。我已下崗單幹，有叔自遠方來，陪同則當仁不讓。

次日便出發。先去荊溪顏村，顏村尚有「大」字輩數家，自然一一拜訪。訪罷祖親，便要祭墳祠。我說墳祠已經沒有了。顏家聲說：「這不怪，到原址祝願一下便可。」是一汪池水，修水利河堤挑土挑的。顏家聲取出早已備好的檀香點上，倒頭便拜，口中念念有詞：「先祖公在上，後輩家聲遙拜瞻仰。墳祠雖平，但世代祖公早已仙逝，諒無介意。不才家聲縱未成器，亦格守家訓，錚錚做人……」

又一日，陪顏家聲踏看魯公舊跡。顏家聲感慨地說：「千二百年滄海桑田，勝跡廢圮乃情理之中。可喜留得幾處，當宜寶重，譬如放生池、聯句石酒樽、韻海樓……」我惟惟稱是。顏家聲於是取出《圖經》翻開，手指西南面的一座小山說：「記載當年先祖公在此勝事多少，何不前往一遊」。我說：「顏山顏亭嗎？有人在正西面也建了一個」。顏家聲愕然，隨後說：「都去，看看便知真偽」。

立即租車前往。先往正西面。青山綠水，堪稱風景佳麗處。赫然一亭，重簷飛角，五彩華麗。顏家聲說：「一定是先祖公當年迎接御史的顏亭了。」我說：「不是，當年魯公與茶聖陸羽建亭，亭中常事斗茶分韻……」顏家聲打斷我說：「唉，先祖公從不嗜茶，酒才是他聯詩、寫字不可少的呢！」

又往西南面。亦立一亭，卻簡陋素雅。見山形如幾，顏家聲微微點頭。又問：「亭何人所造？」我說：「鄉民自發捐資。」歸途中，顏家聲反覆默默自語「返璞歸真」四個字。我不忍心打斷他的思緒，只自想「世上哪樣不可造假！如今倒無假不成世道了。」

第二天一早夢懨懨醒來，我去顏家聲下榻處送行。他已理好行裝，站立窗前發呆。見我來到，便神鬱鬱訴述昨夜所遇：「初無睡意，想些先祖公的事。猛聽有人對話。一個說，文忠公帶官去往何處呀？另一個說，袁大人休要性急……」一看竟是先祖公和袁高袁侍御，兩人都銀鬚鶴髮。來不及叩拜，已被攜至一個去處。定睛看，原是昨天去過的西南方小山。只聽得先祖公說：「吾三十九代家聲聽好，此陋亭是真，乃吾迎爾先叔公袁侍御之亭」袁叔公說：「正是正是，現世之人沽名釣譽，亂點山川築假亭欺世，殊不知金窩銀窩不若自家草窩此顏亭也。」說罷兩人竟不知去向。我連說：「奇了，奇了，家叔，我也夢見了。」

送走了顏家聲，我寫下這篇小說。時在己卯春季。

網

鹿兒被鬧鐘驚醒，是早上六點。

鹿兒很不情願地睜開眼睛，回味剛才快活的情景。那是一望無際的大草坪，有一幢幢彩色的小木屋，有數不清的很好玩的器具，有數不清的很好吃的食品。就他一個人。盡情玩耍，自由自在；盡情吃喝，無拘無束。他從這一幢木屋玩到那一幢木屋，每一幢木屋都有妙齡佳人陪侍……

鹿兒匆匆洗畢騎車上路，是六點一刻。到單位須走五條馬路過四個交道口，大約半個小時路程。平常，鹿兒都在不到七點時到達單位門口，在門口的小吃店美美地吃好早點，還可提前幾分鐘到達崗位。今天好像不對勁。才上路就撞了三人。當被撞倒的人大聲呵斥時，他似乎還未走出大草坪、小木屋。他吃驚地張大嘴巴，想閉閉不攏只好僵住。被撞的人見狀頓住責罵，驚恐地離他而去。

就因為撞人耽誤這點工夫，鹿兒在第一個交道口吃上了紅燈。急忙剎車時已被交警喊住：「罰款五元，他下意識地接過單子又掏錢遞過去，正好綠燈閃滅，再一次紅燈。鹿兒懊惱：一處吃紅燈便要處處吃紅燈。這會兒，他思緒清醒多了，綠草坪、小木屋漸漸模糊。越過第二個交道口時，鹿兒突然對店門口、行道樹上掛著的一張張網看了幾眼。便尋思：夜間美麗的彩燈，白天竟這般難看！鹿兒的思緒就出奇地活躍起來：車輪下的馬路、一個個交道口上一盞盞紅綠燈，不也是一張網？想到自己就是爬行在這張大網上的一隻可憐的蜘蛛，鹿兒難過極了。一難過，腦海裡又跳出大草坪、小木屋。

鹿兒在連吃三次紅燈後，駛近第四個交道口。他想集中注意力，盯住前方正亮著的綠燈加速衝去。偏偏眼前紅光普照。鹿兒意識到時，已經連人帶車摔倒。他感到有軟物的重壓。再注意時，見那重壓來自一位姑娘和她的輕便小跑車。鹿兒由此突然又想到了大草坪上的妙齡佳人。他推著姑娘幫她站起來，自己才艱難地爬起來。姑娘羞澀地向他道謝。鹿兒莫名地受寵若驚。「不謝，是我撞你。」「不是你撞我，是我撞了你，謝謝噢。」姑娘紅著臉騎車走了。鹿兒腦子裡又跳出一個念頭：兩隻蜘蛛在網上戲鬧，怪有趣的。

鹿兒就在這種愜意的意想中到了單位門口。一看錶：七點三十五分。正欲往裡騎，門衛喊住他：「遲到五分鐘，登記！」就立即心痛地意識到今天的獎金泡湯了。

一心痛，鹿兒索性放慢速度。他覺得做人多不自在。剛才是被道路的網網住了，現在又被鈔票的網網住了。想著想著，突然又想到了綠草坪和小木屋。於是頓悟：這夢境也是一張網，無形中網了他一個晚上又一個早上。看來只好做蜘蛛了。不過，蜘蛛在吐絲時總是從容不迫、消灑自如的。可我呢？

苕城故事（四題）

錢王與父子刺史

苕城，東南望郡湖州的別稱，因東、西二苕溪匯於城而名。二水匯流湖城，稱為霅溪，故苕城又稱霅上。

唐末，天下大亂。錢鏐隨董昌鎮壓黃巢起義，又擊敗董昌，擁有兩浙十三州之地，於是開創了吳越國。初，其帳下有海鹽人高彥，為人淳厚，向慕湖州道場山高僧如訥，久存拜師之心。

這是在唐紀乾寧四年，即西元八九七年，湖州刺史李繼徽棄郡北逃，未來的吳越國王錢鏐攜高彥、沈攸等幕臣眾將親巡湖州，安撫百姓。下榻處，是苕城中霅溪北岸的霅溪館。將領中沈攸等人以為有功於主公錢氏，都有牧守湖州之心。沈攸性子急，怕主公不明自己心思，時或有所表露。對此，錢鏐心如明鏡。一日，錢鏐與高彥、沈攸等上道場山朝覲江南名剎萬壽寺。錢鏐見那主持方丈如訥二目重瞳，垂手過膝，口能容拳，知是僧中之聖。又見高彥看方丈如高山仰止，兩眼放光；而方丈看高彥則雙瞳如潭，深不可測，心中已然八九分。

當日回館，於碧瀾堂設宴。席間錢鏐問：「爾等何人敢為刺史？」眾人相視良久，惟沈攸支吾一陣說：「末將敢為守臣，為主公分憂。」錢鏐捋鬚哈哈笑罷，敬了沈攸一盅。又看著高彥：「依高兄之見？」未等高彥開口，座中一將搶先說：「沈將軍威震江東，可為刺史。」錢鏐連忙擺手，仍問高彥：「依兄之見？」高彥略一沉吟，說：「若沈將軍為牧，下官願意輔佐。」錢鏐又捋鬚笑而不語。須臾，令隨從取出文房四寶，當即題詩一首，其末聯云：「須將一片地，付與有心人。」寫畢，扔筆於案，哈哈笑著離席而去。留下眾將面面相覷，都不知主公何意。

次日離館。將登舟時，錢鏐攔住高彥，殷殷說道：「我將此郡付汝，宜善撫之。」高彥一驚，瞥一眼沈攸等將，說：「在下實無心爭太守，卻有意師事高僧。主公今託付望郡於在下，定不敢怠慢。」

高彥到苕城後不數日，便單人獨騎至道場山，倒身拜如訥高僧為師。此後，師徒常有往來。

高刺史在任十年，為政寬簡，百姓稱頌。哀帝天祐三年，即西元九〇六年，高彥自思國將建立，此任將終，自度也將不久於人世，於是赴萬壽寺與如訥師僧訣別，未幾卒於官邸。

錢鏐聞訊悲傷至極，說：「我痛失良臣也。」竟無心再授新任。

次年，錢鏐為吳越國王。偶又思及高彥，心想湖州任尚缺，當選良人補之，想起前刺史高彥有二子，長子高渭，在兵亂中為護駕本王而殉難，次子高澧，十三四歲已酷暴成性，實不堪任。但錢王對高氏父子感念之極，最終不忍心放職於他姓。思慮再三，還是召見高澧說：「命爾襲父職，將湖州付汝，切記嗣承父德。」

高澧到任不幾日，即將錢王之囑置於腦後，暴虐之性畢露，稍不稱意就恣行殺戮。以致將吏晨、午入衙，都要與妻、兒訣別，生怕不能生還。州衙本有城圍之，為秦末楚霸王項羽所建，譙門東側城上有消暑樓。太常博士邱光庭受刺史命在消暑樓中校書。高澧每登樓眺望，見苕城東西水陸皆斷絕行人，覺得無趣。高澧曾好扮作青面鬼嚇人，當即心生此念。一日他脫靴履襪無聲登樓，邱光庭回頭猛見，大呼有鬼。高澧開心笑說：「博士切莫聲張，是本官試你膽量。」苕城人於是私下都稱他「夜叉精」。高澧以此為樂，又於每戶三丁中抽一丁，成立衙軍，逼軍士文面，面青額紅，穿青衫白褲，人稱「三丁軍」。後來因聽到傳聞說他建立「三丁軍」是思圖謀反，他於是嫁禍於軍士，將「三丁軍」盡數斬殺。

錢王對此忍之又忍至不可忍，即派兵問罪，高灃終於死於非命。正史記載：高灃通外，引後樑將李簡入境。錢王遣兒子錢傳璙抵禦，李簡挾高灃逃至淮南，被殺。野史卻說：苕城南郊一漁人捕魚至一高塘，蘆葦夾道，便離舟上岸。行百余步見一大宅，見堂中大漢頭頂鐵爐，爐中炎炎火起，大漢猛喝一聲：「汝勿奔走，傳話於灃夜叉，我是黃巢，上天命我誅戮邪惡而不入湖州，借汝之手速往殺之。」

高灃死後，錢王仍命予以厚葬。

蟹詩鬥

苕城溪港成網。城南有橫塘，北貫於主河道霅溪。橫塘雖苕城內支流小港，風景卻絕勝。尤其塘東，溪堤畫橋，蓉柳夾岸，間有亭謝，照影水中若倒沉錦繡、

時值中秋，荷花雖謝了紅粉，蓮葉亦點上焦黃，但野菊岸柳，近水蘆花飄白，荻穗吐紫，襯上碧水青萍，遠處田疇金黃，好個秋景。與好景相匹，塘之上高聳水閣，匾額「浮暉閣」，即老處士賈收寓所。賈收字耘老，有詩名，喜飲酒，與蘇軾蘇東坡交好。東坡知湖州時，二人酬唱極多。

這日午睡後，賈耘老懶散地起坐於榻。侍妾真氏遞上一封書箋。耘老極寵愛這新娶的真氏，因好穿綠衣，嬌柔之體行之若臨風擺荷，耘老便戲稱雙荷葉。此刻耘老頓生愛意，

擱箋拉真氏於懷，撫摸溫存。雙荷葉掙脫說，老爺看信。耘老不悅，見妾面有慍色才作罷，抽信來看，是詠蟹贈詩，落款沈君與。詩云：

黃粳稻熟墜西風，肥入江南十月雄。
橫跪蹣跚鉗齒白，圓臍吸脅斗膏紅。
齏鬚園老香研柚，羹藉庖丁細擘蔥。
分寄橫塘溪上客，持螯莫放酒杯空。

沈君與何許人？湖州著姓名門之後，家富財，少遊京師(開封)，學於上庠，有才氣，但桀驁不羈，且好狎遊。曾撒珠引動名妓蔡奴，與之相好，被稱為「撒珠郎」。其實這回沈郎倒是想誠心拜識前輩賈耘老的，適秋風蟹肥時節，便以蟹詩作見面禮，詩亦做得不錯。只奈賈耘老剛被少妾真氏弄得心緒不快，又見沈郎詩中不分長幼地將自己稱作「橫塘溪上客」，當即大呼：「後進輕我！」。於是和韻詆毀：

蟛蜞孫多伏下風，蝤蛑奴視敢稱雄！
江湖縱養膏腴紫，鼎鑊終烹爪眼紅。

嗍稱吳兒牙似鏡，劈慚湖女手如蔥。
獨憐盤內秋臍實，不比溪邊夏穀空。

沈君與見詩怒從膽生。想，好你個賈老兒，敢罵我是蟛蜞孫（田埂中的小蟹）！敢辱我是蝤蛑奴(梭子蟹上的寄生物)！還輕賤我是嗍涕小吳兒、蔥指弱湖女！你老賈也有所短，身居林下卻參與州政，曾為人所訟，今我還以長輩推崇你，你卻鄙視我若此，實在可恨可惱。於是又步韻以擊：

蟲腹無端苦動風，團雌還卻勝尖雄。
水寒且看雙鉗利，湯老難逃一背紅。
液入幾家傾海鹵，醢成何處汙園蔥。
好收心巢潛蛇穴，毋使雷驚族類空。

賈耘老自和韻送出，已有悔意。見沈郎此詩，「團雌還卻勝尖雄」一句更令無地自容。真氏雙荷葉縱然嬌媚，卻威鎮於他，已落下「賈秀才娶真娘子」的笑柄，這回更是火上澆油了。於是欲請沈君與來舍。沈君與此時早已到了門外，未等耘老傳話，已隨雙荷葉進得堂來。

沈郎作揖說，賈老前輩受晚生一拜。

耘老敢忙謙讓道，沈郎名振京都三輔，老朽豈敢奢望屈尊。

沈郎笑道，蒙如夫人美意，怎好有辱使命。

賈耘老已知愛妾雙荷葉從中斡旋，面露赧色，便說，取笑了，老朽是「團雌勝尖雄」，哪比得「撒珠郎」瀟灑占花魁焉？

一陣說笑後，家人已擺下酒菜。雙荷葉把壺勸酒，一時氣氛融融，月上樹稍方散。

角妓汪憐憐

汪憐憐是元代時苕城的角妓。

角妓，古代藝妓。即後來的戲子，再後來的演員。多屬官妓，入樂戶名籍，往往侍奉於官府公筵、學門齋會、縉紳同年之會、鄉會等應酬場面。

汪憐憐本亦是詩禮之家女兒，自幼識字撫琴，只因家道敗落，淪落於娼門。但心高志潔，誓死不走淫賤之路，故而專心於琴棋書畫、宮商律呂，在歌板詞曲中精益求精。及長，出息得無比美貌，又贏得賣藝不賣身的本錢，色藝盛於吳中。或於公宴場所博采，或在公祭社日城隍廟廟台義演，或在聚韻園掛牌，委實娉婷秀媚，桃臉櫻唇，玉指纖纖，秋波滴溜，歌喉婉轉，道白更是字正韻圓，叫人百聽不厭。

廟戲春秋兩番。汪憐憐必登臺亮相，為官府唱升平，讓黎庶戲迷飽眼福、解耳饞。那聚韻園是茗城內最大一座戲館，蓄許多角妓，腳色齊全，卻無出眾者，故多次延請汪憐憐來持牌亮台。只奈汪憐憐爭求自由，不願委身於戲班，顧自安家於城中月河漾畔浮霞閣，有一婆一婢相伴，視若母、妹。凡掛牌日，轎子迎送，均有聚韻園四壯士一路護衛。雖有眾多仰慕者蜂湧，亦近身不得。

城東南竹墩村秀才沈夢麒少年英俊，因家境貧寒，平日很少進城。但久慕汪憐憐芳名，借得同窗少許銀子，前來擠城隍廟春會，以睹汪憐憐風采。

那日和風麗日，人群如潮。廟會上正演著《西廂記》的〈長亭送別〉一齣，汪憐憐正活脫脫演著崔鶯鶯。只見她婀移蓮步，淺擺柳腰，素衫長袖輕掩愁眉淚眼，唱道：「碧雲天，黃花地，西風緊，北雁南飛……」這沈夢麒頓時心沸情起，跟著唱：「……曉來誰染霜林碎，總是離人淚。」一落韻切正，吐聲珠圓，一時忘了形。待會散欲離，卻被二壯士攔住，挾持而去。進得浮霞閣，方知汪憐憐有請，一時竟手足無措。

這一見非同小可，若前世夙約，今生有盟，直叫二人難分難舍。此後時有見面，或對弈和琴，或填曲淺唱，總是相得溢彰，漸漸地情深意切起來。

沈夢麒自慚家貧人寒，無力奢望，只求常能見面，琴瑟相和。汪憐憐則時時勸公子以功名為重，不可荒了前程，無奈沈公子已深深為情所囿，學業漸廢。汪憐憐縱不忍心分離，亦只得強割心愛，拒公子於門外。且傳話與他：「白衣人，憐憐棄矣！」回過頭只暗自垂淚。縱如此，亦難斷沈秀才癡念。

苕城一班富室輕浮子弟，都如蒼蠅嗜血般盯著汪憐憐，只奈其戒衛森嚴，不得近身，直恨得磨牙，於是惡語如髒水亂潑。汪憐憐一孤伶弱女，怎禁得住他們作賤，便幽居浮霞閣，心灰意懶，不再出入場面。

有蒙人涅古伯，官居湖州路經歷司經歷。雖為北人，卻性情溫雅，愛玩散曲，喜聽雜劇，把關漢卿的〈不伏老〉吟唱得滾瓜爛熟，尤將「我是個蒸不爛、煮不熟、捶不偏、炒不爆、響噹噹一粒銅豌豆」常掛於嘴。得知汪憐憐舍情勸沈，十分敬佩。

一日，涅古伯以長輩身份約見汪憐憐。汪憐憐早知他是詞曲行家，見面又慈祥如父，心中便起敬意。

涅經歷說：「須疾斷沈公子癡念才是。」

汪憐憐點頭道：「誰說不是。否則難激其上進。」

涅古伯又捋鬚問：「姑娘可另有意中人否？」.

汪憐憐連連搖頭：「賤妓此生惟沈郎是念。若蒙不棄，憐憐倒甘為侍妾相伴於經歷老爺左右。」

涅經歷初為難。經汪憐憐懇求再三，便允諾道：「名為妾，實為婢。」於是遣媒備禮，又大張旗鼓至浮霞閣迎娶。

沈夢麒見汪憐憐負心，幡然悔悟，從此發奮。汪憐憐暗喜，日於香案前祝願沈郎心不懈、志不怠，早日功成名就。

三年後，涅古伯謝世，舉家撫柩北還。汪憐憐留在涅宅。為生計，又揀起演唱舊業，與婆、婢相依為命。原先一班仰慕者又蒼蠅般圍來。汪憐憐頓起絕念，進了西門雨花庵，削髮為尼。這時，沈夢麒正躊躇滿志要赴鄉試，聞後歎道：「真烈婦也，吾輩無福。」後來，那班紈綺子弟和一些士宦仍舊尋機造訪雨花庵。汪憐憐於是自毀容貌，以絕彼狂念。

沈夢麒鄉試中舉，次年會試又進士及第，從此風雨於仕途宦海。幾年後回鄉省親，欲會汪憐憐，以釋當年疑結。浮霞閣漆落斑斑，已非昔日光景，汪之婆、婢招一婿居住。沈夢麒方知汪憐憐適涅、毀容的真相，在雨花庵積郁成疾，呼著沈郎溘然謝逝，至死仍是清白女兒身。

婆將一方羅帕交與沈夢麒。是汪憐憐遺物，書〈得勝樂〉小令一曲：「花容滅，殘妝盡，留下這女兒冰色。秋雁兒呀呀的庵外，怎生不呼我個沈郎前來。」

沈夢麒讀罷潸然，喟然長歎：「我負憐憐呀！」遂取筆寫道：「鶯鶯燕燕春春，花花柳柳真真。事事風風韻韻，嬌嬌嫩嫩。停停當當人人。」這是時行名曲。沈夢麒已無話可說，只得藉以還情。

有史家評說：「若汪憐憐者，亦可以追蹤前古之懿德矣！」

廷試

張嶙然，明季莒城北鄉人，早在天啟甲子年中舉。天啟甲子年就是天啟四年，即西元一六二四年。張舉人學深才高，少年得志。只因面青貌醜，平日裡自慚但卻更自重，極少與人交遊，亦不輕易外出做打秋風之類舉子們引以為榮之事。但他卻心氣凌雲，志在三台。無奈家境貧寒，不能及時越數千里之遙上京會試。

張舉人一邊開塾教授，積累考資，一邊苦讀不懈。待中舉後第三個大比之年，才勉強湊夠盤纏考費，風塵僕僕赴京應試。功夫自然不負於他，見題便文思奔湧，下筆如流。但文章正做得順暢時，猛聽得號房窗外廊中有人大呼有鬼。原來號房幽暗，秉燭照明，考官巡視至張嶙然窗下，見昏黃的燈光下儼然伏一青面鬼魅，嚇得魂不附體，故而大呼。惹得監臨、監試、收掌等官員及門史、守卒一陣忙亂。張舉人知是自己嚇著了考官，文思如弦戛然而斷，文章再也做不下去，自然名落孫山了。

經此一蹶，張嶙然憂鬱而歸，著實有些消沉。但自慚形穢一陣後，很快便振奮起來。自忖，生相為上天所賜，父母生就，誰也無可選擇，豈可怨天尤人！男兒立志，須自強方能自立。便繼續教塾，苦讀不輟，侍奉雙親，只是孤身不娶。

慢悠悠又過了兩屆科考，下科春闈又姍姍臨近。張嶙然幸已備足銀兩，即整裝拜別雙親，赴京趕考。這年已是崇禎十三年，即西元一六四〇年，距中舉已十六年了。張舉人亦已屆不惑年紀。該年逢庚辰，會試便稱作庚辰科。張嶙然在號房如魚得水，三考後報捷，考中貢士，將進殿廷試。

廷試只考時務策，張嶙然早已成竹在胸。欲針對天下萬民回應李自成造反，論如何改進朝政，安撫百姓，普選英才，孤立李賊，進而平亂。當廷試時，張嶙然正要論題。卻聽得崇禎皇帝嘿嘿幾聲冷笑，繼而又道，看爾面青目深，盧杞復生耶？張嶙然頓時語塞，吐不得半字來。又聽崇禎皇帝說，人醜文章卻美，取在三甲。

張嶙然含恨而出。想這盧杞乃唐朝惡吏，體陋貌藍若鬼，以祖蔭為刺史，雖有才但政惡民怨，後貶官而死。崇禎小兒竟以此小人比我！心內遂呼，大明氣數盡矣，我必報此仇！未幾，被放任太原知府。

三年後，李自成佔領西安。張嶙然暗忖，仇可報矣。於是反明投誠於闖王。崇禎末年，隨闖王攻陷京師，任為大順朝兵政尚書，分配宮嬪田氏為夫人。

一日，張嶙然進得太廟，見明朝列帝神像皆嵌紫金，心中頓生惡念。於是刳而取金，又擊斷神像，取其香木，盡數包裹而歸。說，盧杞之仇報矣！於是攜田氏歸莒，夫妻相濡以沫。張嶙然入清為官，直至福建布政副使，卒於閩中。田氏則削髮為尼，黃紙青燈以伴終老。

苕城舊事（五題）

雪堆梅花

王十朋自夔州移知湖州，輾轉至州治苕城，已是暮秋。正值水災，田家欠收，一上任便投入賑災安撫的繁忙事務之中。災事畢，見州學破損，又捐私俸派工修葺。匆匆數月過去，年關將近。王十朋得閒步於城郊，眼前一派殘冬景象，殘雪在陽光照耀下亮得刺眼。忽見河岸迎風擺腰的柳絲已爆出粒粒芽苞，便從一路衰菰敗苕的蒼涼心境中走了出來，漸漸感到溫暖開朗起來。

這位翩翩狀元郎，曾掛了個翰林院編修的閒職，在主和派占上風的南宋朝廷上書力排眾議，主張抗金復國，結果被貶出臨安，出知饒州，後又移知夔州。就在去夔州途中不幸船翻落難，與愛妻生離死別。王十朋在悲哀之中改知湖州，途經故里溫州小住。不想愛妻遇救也已回到故鄉溫州。於是一個誓死不再嫁，一個誓死不再娶，終於在江心嶼重逢，成全了生死戀情。王十朋攜妻雙雙到湖州，心情該是非常好的。但一路蕭瑟淒涼又勾起他對江南小朝廷的憂慮。到了苕城，便一頭栽進公務，盡守臣之職，無暇思慮其他。

苕城有個吳秀才，年已過不惑，連屆鄉試失利，便死了仕途之心。膝下獨生女兒，名淑姬，年方二八，貌美，且聰慧能詩詞。只奈吳秀才家貧無財，又無勢力可依，愛女被富家子弟霸佔又無可奈何。待王知州到任，知其為官耿正清明，欲投訴告冤。沒想到那霸佔淑姬的惡少先一步告到州衙，反誣吳淑姬淫亂犯法，王十朋重的是男女間真情摯意，最恨那些姦淫苟且的惡男女，便將吳淑姬逮捕歸案，判罪下獄。

這苕城南北、東西均不足三里，州衙的司理等佐僚們對城中百姓都曉得個大概。像吳秀才之女淑姬這般美貌有才，更是深知底細。這分明是以強欺弱的冤案，只是王知州因疾此惡如仇，故而錯判。州僚們十分敬佩王十朋既耿直又淳厚的品行，不忍心使他白璧玷污，於是商量出一個解救的對策來。

這日午後，州僚們相聚於司理院，備一酒席，命將吳淑姬引至席間，脫枷侍飲。吳淑姬淒容楚態立於側，亦顯得風韻格調非比一般，說奴帶罪之身不敢造次。眾說不妨，知你有冤情，特來一會，若真心相告，必能洗刷。淑姬問，如何相告?司理說，知你善於長短句，宜以詞章自詠，將所冤婉轉訴於王知州，當可為你解脫。吳淑姬於是請眾人出題。司理說，時已冬末雪消，春日將至，就以此景為題作〈長相思〉小令。淑姬見門外庭院中孤零零一枝梅，即提筆一揮而就：

煙霏霏，雨霏霏，雪向梅花枝上堆。春從何處回？醉眼開，睡眼開，疏影橫斜安在哉？從教塞管催。

諸僚取來看，無不為之賞歎，說大事可成矣。翌日坐衙，佐僚們以實情相告，並將詞章呈於王十朋。王十朋見紙上秀跡春芳，心想這吳氏以梅自喻，極言清白之身遭受欺凌。好一個雪向梅花枝上堆！連春天也回不來了，只好借助塞管來催。細細讀罷，長歎一聲說，真是滿紙冤屈，滿懷才情。我王十朋自以為以剛正立世，以才情做人，今日倒不如一民間女子，慚愧慚愧。於是命司理院立即無罪釋放吳淑姬。

吳淑姬後為周氏妾，閒來填詞弄曲，著有《陽春白雪詞》五卷傳世。這是後話。

忠臣蹇材望

元兵入主中原，就要過江南下，江南小宋廷岌岌可危。地處都城臨安北衛的湖州，更是危在旦夕，苕城內到處彌漫亡國的恐懼和改朝換代的驚慌氣氛，都想到必有一場惡仗要打。知州事趙良淳和同守湖州的浙西提刑徐道隆日夜忙於防務，便將州政統統交與通判蹇材望主持。

趙良淳係本州德清縣人，趙宋宗子，德祐元年即西元一二七五年上任，受命於危難之際。這年臘冬十二月，元軍已佔領州之屬鎮南潯，派使者到苕城招降。趙知州大義凜然，當場燒毀招降書，斬殺來使，立誓：「大宋亡，我亦亡。決不苟活。」

通判蹇材望乃四川人氏，進士出身。一向思維敏捷，謀略高深，辦事幹練。他是連任的通判，初上任時即連破兩起陳年兇殺懸案，治理州政很有一套，朝中大小官員多半熟知他的名字。吏部本欲召其進京做大理寺丞的，只奈一為戰事吃緊被延誤，二為趙知州苦留不放，故仍留原任。

趙知州將州政諸務全權交與蹇通判主持，自己則協助徐提刑專事城防大事。蹇材望很感念趙良淳的知遇之恩，說：「大人放心，屬下一定盡職，與大宋共存亡，城在材望在。」趙知州緊緊捧著蹇材望的雙手說：「蹇大人肺腑照我心胸，我等同為宋臣，生當同官，死當共節，天地作證，日月為鑒。」蹇通判於是安撫百姓，組織疏散婦孺、財物。

數日後，元兵已攻克京城的北面要隘獨松關，向臨安進迫。朝廷急召徐提刑進京護駕。元兵於是乘虛進軍湖州，駐紮在苕城東、西兩門外。趙知州在將單兵寡的情形下率眾獨守，夜間露宿於城頭。蹇材望則在州衙對屬吏發誓說：「我已作必死打算，你等自便吧。」於是，他將自己和趙良淳的家眷並細軟，交付心腹暗中出北門送往城外太湖邊友人處。又做了塊錫牌，上刻「大宋忠臣蹇材望」七字，同時，用銀子鑄成兩塊朝笏狀的銀條，一塊寫上：「有人獲吾屍者，望為埋葬」，一塊寫上：「大宋忠臣蹇材望，此銀所以為埋瘞之費也」。他每天將錫牌和銀笏掛在腰帶上，只等元兵進城後投河自盡。他日日進出州衙各司，穿梭於城內大街小巷，逢人便反覆叨念這個意思。樣子極為凜然，又極為悽愴，人們見了無不為之動容。

不幾日，元軍從南門破城。知州趙良淳長歎一聲：「大宋氣數盡也，臣生為大宋人，死為大宋鬼。」言罷驅車歸衙，在州事廳自縊。

再說通判蹇材望，此刻已莫知所往，都以為他投河自盡了。有心人四處尋找，河港湖灣都打撈遍了也不見人影。

正當州人為他悲歎時，他竟然一副簇新的元人裝束騎馬進城了。大家才如夢方醒，蹇材望早已先一日出城迎接元兵去了。不久，蹇材望被任命為湖州路總管府同知。後來里人中又有一種說法，元兵之所以先破南門，和蹇材望有關。當然，這只是傳聞。

沈萬三與沈萬四

沈氏乃湖州大姓。非但苕城，湖州屬縣遍佈沈姓人家。據沈氏老譜，春秋戰國時北方沈國被滅，國人大多沒為奴隸。有亡國之民一支向南逃命，見太湖南濱菰城依山傍水，土肥物阜，便定居下來，以國為姓，繁衍為沈氏大姓。菰城就是後來的湖州，別稱苕城。沈氏在歷史上出過數不清的大宦名人。到了元朝末，競出了一個富可敵國的沈萬三。

沈萬三名富，字仲榮，排行老三，居苕城東鄉。家財巨萬，故人稱萬三秀，或呼為沈萬三。沈萬三如何大富？當年越國大夫范蠡化名陶朱公，攜西施在苕城至姑蘇、欈李一帶經商，聚攏天下財富，其致富秘經為沈富所得，又與外番走私通商，而得鉅資。此說法未必可信，但鄉曲裡人都如此傳聞。不過，其家人偶有口露，說老爺實在不易，常奔走於朱元璋、張士誠兩部之間。此秘聞自然不敢聲張，故知者極少。不管怎樣，沈萬三富甲江南，則千真萬確。姑蘇有段瓷屑街，是他出錢鋪路，因碎石不夠，買斷城內所有瓷器擊碎鋪成。欈李有個紅緞莊，是他嫁女時在方圓三里內所有樹上紮滿紅緞花而改的名。

多有為富而不仁者。沈萬三倒並非不仁，善事亦做過許多。在地方，尤其在苕城城鄉有口皆碑。但沈萬三的弟弟沈萬四則另有獨見，對兄長之富之仁不以為然。

沈萬四名貴，字仲華，排行老四，人稱沈萬四。自幼嗜書，遍讀詩書之外，又遍覽天下雜籍，尤其喜歡黃老之學。他心腸柔綿，卻性格豪俠，疏財仗義，扶貧制強，很得兄長喜歡。只是輕視富貴，洞穿世事，又令兄長憂心。兄長說：「我雖富，實區區一個庶民，倒要全仗弟為我爭得名聲，故而還望日後天下太平了，弟能登科做官，為沈家耀祖光宗才是。」沈萬四點頭又搖頭，只是默不作聲。良久才說：「兄長，弟有一言，富是無底洞，求富當有個度，有道是物極必反、月盈即虧，務當收回半心用到兒孫身上。」

沈萬三聽罷心下黯然。膝下兩個兒子沈茂、沈旺都不好詩書，獨喜斂財。雖為左右得力助手，只是光耀門楣已靠不得他們。沉思一陣，沈萬三才喚一聲弟弟，說：「金銀財寶豈會有個夠，家資萬貫亦是為子孫計。你我同胞手足，子孫同享富貴。如今亂世自不必說，等乾坤一定，還望弟名登龍榜才是。」

沈萬四見兄長如此執意，本想說：「財積而不散，必會釀禍。」但終未說出口，只是微微頷首，算是回答了兄長的意思。

不久，朱元璋身為吳王，又反戈滅了紅巾軍，殺了小皇帝韓林兒。沈萬四知道天下已成定數。開國者為了他的政權，必求賢集資。於是不得不才對兄長說出了上面這個意思。但沈萬三仍舊聽不進去，反過來勸萬四抓住機會顯露才華。

沈萬四預感大禍在即。但終究是意會在心，難以言傳豈會打動兄長。思慮再三，決定離家出隱。臨行，他還是放心不下兄長，便作一七絕留在案頭，然後進了終南山。詩云：

錦衣玉食非為福，檀板金樽可甘休。
何似子孫長久計，瓦盆盛酒木綿裘。

沈萬四一去不返。沈萬三卻始終未解透詩中要旨，也猜不透弟弟輕賤榮華富貴到底為了啥。後來朱元璋在南京做了大明皇帝，想擴建城池，因府庫虛乏難成事。沈萬三突然想到弟弟「財積而不散必會釀禍」的話，又想或許這是個光耀門庭的機會，就表示願意包築半城。皇帝不肯，豈能與朕對半而論！於是，沈萬三就築了都城的三分之一。

沈萬三萬萬沒有想到，就這樣引來了殺身之禍。朱皇帝心裡容不下這個資富侔國的沈萬三，要殺掉他。經馬皇后力諫：「法誅不法，並非誅不祥。」才改為充軍雲南。但朱皇帝難去心頭塊壘。忽一日，聽說沈萬三所築瓷屑街用茅山石鋪路心，便以欺君之罪殺了沈萬三，家財全部充官。

沈萬四知道這個噩耗後，悵然歎道：「禍固起於財，契機則難防也！」原來，朱元璋和劉伯溫起初落難於茅山時，曾相過風水，說過「龍山風池」的話。沈萬三取其石鋪路，讓千人踩萬人踏，豈不是死罪！

書客

明朝嘉靖初年，苕城東鄉織里鄭港村人鄭六在織里街上開得一間鋪子，叫「鄭泰貨莊」，販湖絲為生。每當新絲繅出，鄭六已備好船隻，裝載所收新絲，販往外碼頭。船頭掛「絲船」幌子，紅布黑字黃色鋸齒鑲邊，很是醒目。幾年下來，漸漸殷富。鄉里便多有仿效，亦漸富。販湖絲的多了，鄭六開始覺得沒勁起來。不為別的，只為與人爭口邊食心裡不安。便想改業。

一日，鄭六和同鄉晟舍人閔書寶同航，到了安徽地界的一個碼頭。這閔書寶是個落過兩次第的秀才，想想仕途無望，家裡人便叫他跟著鄭六學做生意。他們是表親。賣完貨，結了帳，二人便結伴遊逛街市，看異鄉風情，順便也採辦些貨色回鄉販賣。

這是個大碼頭，街巷回環，店鋪櫛比。走了幾條街，沒看中什麼貨，二人又轉到書坊街。書坊街有幾家書坊，幾間書鋪。鄭六見一夥人從書坊裡往馬車上搬成捆的書，頓然心動，對閔書寶說：「進去看看。」閔書寶已注意到旁邊的書鋪，就說：「我在書鋪等你。」

鄭六走進書坊，問搬書的夥計：「這位兄弟，可是去賣的？」夥計回答「不賣印來作甚！」又問：「好賣？」回答：「好書則好賣。」鄭六便又進裡面看去。

閔書寶在書鋪流覽一番，揀了《春秋公羊傳》、《三經評注》等家藏沒有的幾本書。閔家是晟舍鎮上與淩家相匹的大戶，都是科第聯綿，簪纓繩繼，詩禮傳家，家富藏書。閔書寶問店家：「本地所印多，還是……」店主回答：「外埠多，本地少。」又問：「外出採辦？」回答：「委託各路客商捎帶。」

這時，鄭六過來，手裡拿著塊木頭雕版，說：「刻壞的。」拉了閔書寶出來，又說：「我想做做書生意看，你意下如何？」閔書寶便將剛才與店主的話說了。鄭六說：「光販賣不夠，須批量刻印，生意才做得大。」閔書寶受到啟發，也想到自己家和淩家藏書要比這裡書鋪多得多，古得多，不是可以刻印了賣嗎？就說：「鄭六，如何弄法，我聽你的。」鄭六便將一路販書回去，再與閔、淩二家商議刻書事宜，然後各路販去的想法說了。閔書寶連聲說，是好主意。於是分工，閔書寶到各家書坊、書鋪選書，鄭六裝修船隻。

鄭六常年販絲，知曉商船外觀的緊要。便買來桐油和各色顏料。請來字畫匠、油漆匠，先將船刷淨，再在船艙外側面畫上書的圖樣，寫上特大的「書」字，再刷上桐油。正值初夏，沒出一旬，便可下水了。同時，他又丟了「絲船」的舊幌子，去錦旗鋪定做了兩面「書船」新幌子。幌子黃底紅字黑齒鑲邊，字有尺方，樹於船頭，十分耀目。

閔書寶是讀書人，知曉該選哪些書。幾日裡已採辦就緒，而且購得幾樣世上難得見的，諸如宋版的《三蘇文粹》、《楚辭》等。待船下水，將書入艙，又各擇其一列於架上。鄭六又叫閔書寶抄錄書目兩份，各人袖籠一份備客官揀選。

開船這天風暖日麗。鄭六說：「好天好兆。」閔書寶說：「但願開張吉利。」一路徐徐行駛，凡大小碼頭一律靠岸，總有幾宗生意做得。時或被邀入士子官宦之門，受到主人禮遇，叨陪末座，出示書目，生意做得很斯文。鄭六經商以來，從未有過這等寵遇，身子便有如登雲一般。經歷多次，方心安理得起來。閔書寶才涉商道，來時面子還下不來，多虧鄭六前頭撐場面，卻還覺得斯文掃地。這會兒，似重新揀回斯文，人也活泛許多，一路還收購得幾套世上還不曾見過的宋、元善本。一窮困書生，竟以宋本全套《五代會要》換取書籍。閔書寶識貨，與鄭六相商，又付他紋銀十兩，雙方樂意。

一路輾轉，兩船書已所剩無幾。先到晟舍上岸，鄭六隨閔書寶進家稟報，詳說經過原委。閔氏闔家歡欣。又約來凌家，共商開坊刻印圖書大事。兩家都有資產，各開書坊。不出半年，已開刻印出多部。

此後，鄭六仍舊與閔書寶搭夥。幾次往返後，鄭六已深得書籍要領，閔書寶便專事閔家書坊。鄭六又帶動鄭港和相鄰的談港村一些村民紛紛搖起書船。後來，鄭六便與閔書寶商量，在織里街他的「鄭泰貨莊」邊上又開出一間「鄭閔泰書號」，作為晟舍刻書的貨棧。於是，苕城東鄉織里書坊、書船成業。書船向「鄭閔泰書號」躉購書籍，南下杭州，東抵松江，北達鎮江，出入於官家士人門下，被尊稱為「湖州書客。」

鄭六子孫則代代經營書船。

神樹

世上真有神樹，你們信嗎？

民國二十六年的冬天比往年要冷。一向不凍的苕溪河都結了薄冰，太陽曬上去，玻璃一樣閃亮。西北風呼呼叫著，把街上緊閉的店門口的幌子都吹橫了。街上自然少人。這是苕城淪陷後第一個冬天，小城冷清得也如凍住一般。夜幕降臨的時候，小城陷入冰冷而渾沌的黑暗之中。惟有丁家花園那棵老白果樹，高高地在慘澹的星光裡張開有力的枝梢，顯得越發陰森和神道。

這就是那棵神樹。鬼子守備軍小鋼炮手豬頭小野對它頂禮膜拜呢。

豬頭小野名小野三郎，長得矮不楞頓大頭大腦，凸嘴巴朝天鼻，苕城人私下就叫他豬頭小野。豬頭小野的小鋼炮打得百發百中，以前從沒有落空過。但卻在這棵老白果樹上打了飛彈。

那是剛進城的時候。四城門洞開的苕城早已沒有一兵一卒，豬頭小野扛了鋼炮剛要進城門，卻被鬼子隊長叫住，說是當心唱空城計，打兩炮試探試探。豬頭小野便支起鋼炮，瞄準老白果樹通通打了兩炮。鬼子隊長隨即帶隊進城。豬頭小野急忙收拾還在冒煙的鋼炮，跟著進城。他自信樹已劈去大半，建議鬼子隊長尋那炮擊目標。待到了那裡，鬼子們全都直起了雙眼，老白果樹連枝梢也未損傷半根。再看四周，假山魚池、亭台榭閣、花木扶疏，好一座雅致園林。鬼子斷定，兩發炮彈都落在池中。因為水濺濕了池的四周，池面上漂浮著幾條紅金魚。豬頭小野當即朝老白果樹跪了下來，口中嘰嘰咕咕念了一通，然後對鬼子隊長說：這就是司令部了，有神佑！有神佑的。鬼子隊長正疑惑著呢，聽罷欣然同意了。丁家花園就成了鬼子的警備隊司令部。

此刻，粗大的老白果樹下，豬頭小野正用鐵鏟掘土。他要在樹下按個石案，用來擱他的小鋼炮。土很好掘，沒幾下就深入半尺許。正喜滋滋著，猛聽得一聲巨響，人被甩開幾尺遠，下肢痛得他哇哇亂叫。一摸，左腳腳胛處細細的了，又爛又黏。再一看，皮鞋沒了，腳也沒了，頓時昏厥過去。

鬼子兵聽到震天巨響都湧出屋子，見狀，咿哩哇啦一陣叫。鬼子隊長看了一通炸出的大坑，初以為中國抵抗者在撤退時埋下的地雷，待看到嵌在樹幹裡的彈片，才如夢方醒。原來豬頭小野打的兩顆炮彈，一顆落在水池裡，一顆鑽進了樹下滋潤鬆軟的泥土裡，偏偏是小野自己把自己炸了。可憐豬頭小野活生生少了一隻腳，而鬼子兵們竟遍園找不著那隻飛掉的腳。

豬頭小野人是救活了，卻只能支了拐棍行路，落個終生殘廢。鬼子隊長便對這棵老白果樹恨得咬牙。一天怒氣上來，拉了個鬼子兵，拿了鋸子就在樹下擺開架勢。鋸子嘶嘶地吃力地叫著，很少有鋸末下來。當鋸片差不多沒入樹幹時，感覺拉動起來要省力多。鬼子隊長和鬼子兵哇哇地樂著，突然見鋸縫裡滲出的鋸末帶有紅色，就停了鋸。鬼子兵驚叫：血！樹也有血！鬼子隊長也大驚。又見鋸齒上還黏著骨渣肉末，頓時丟下鋸子跳開，逃也似地跑回屋子，兩眼發直地喘大氣。

豬頭小野後來責備鬼子隊長不該鋸樹，這是得罪神樹，會遭報應的。鬼子隊長將信將疑，再不敢造次了。

這件事情很快在莒城城鄉傳得神乎其神，活靈活現。八年後日本鬼子投降，丁家花園成了機織工會的會所。有信鬼神的不時在樹下上燭點香，漸漸的便有了些香火。神樹的故事也越傳越完整。直至解放前夕，有人見當年鋸縫上首一尺許處的洞裡鑽出一隻黃鼠狼，以為一定還有，便伸進手去摸。這一摸不打緊，竟摸出一串白骨來。像是人腳骨的樣子，嚇得連忙扔掉，驚出一場寒熱來。

於是有人斷定，這是當年豬頭小野飛掉的那隻腳。飛進了樹洞裡，誰還找得著呢！但儘管論證得頭頭是道，有根有據，人們還認定這棵老白果樹是樹神。人老不死成仙，樹老成精，不是嗎？

【附錄】《浙江文壇》二〇〇八卷評——《你不可以做官》

嵇發根的《你不可以做官》是個好小說，折射一種官場心態——想當官而不得。那怎麼辦？於是就說出「好男不當官，當官無好人」這樣的話。作者將此情形參照買菜還價。這個構思很有意味。官場不得志的魏明理有個買菜哲學：「人一旦介入討價還價，都不想吃虧，甚至要點點便宜。我魏某人也非聖人，難免會墮入其中，爭來爭去就爭出是非爭出煩惱來了。不如敬而遠之，不進這俗套，圖個清淨、安逸。」但這真假參半、貌似灑脫的心態很脆弱，一下子被幾個賣香椿頭的婦女嘲諷得落荒而逃，回到老婆那裡尋求理解去了。有了這個鋪墊，作者接下來安排魏明理終得提拔，他在領導面前還扭怩一番，在騎車回家的路上，卻身不由己地拐出漂亮的弧線，一屁股摔在地上。其實這一跤是白摔的，摔不醒的，同樣，理是真的，明理是偽的。

【附錄二】

《大潦・堅實的堤》藝術特色三論

鍾銘

二〇〇〇年

歷史在一九九八年夏天的定格是：一場舉世震驚的洪水侵襲了長江流域，人民解放軍以自己的血肉之軀築起了一道堅不可摧的「鋼鐵長城」，譜寫了一曲驚天地、泣鬼神的進行曲。而一九九九年的夏天，一場特大洪水席捲了杭嘉湖平原，當地幹群團結抗洪，共鑄了為世人所稱頌的「杭嘉湖精神」。今年的夏天，當我詩意地居住在家裡，讀著湖州作家嵇發根的新作《大潦・堅實的堤》，腦海裡又播映出一幅幅氣勢磅礴的戰洪圖。

筆者曾有幸拜讀過作者的小說集《斷層》，也細細品味過他散見於全國報刊的作品，無論是獲得一九八三年中國作協、全煤文化基金會全國煤礦文學首屆「烏金獎」的短篇小說〈月兒圓〉，還是被作為文學精品以帶頭稿刊發於二〇〇〇年二月號《中國西部文學》的中篇小說〈月河殤〉，題材都取自於身邊，他所熟知並體驗過的生活敏感區，有著真正的激動，自己的表達，微妙而神秘的拘謹，始終彌漫篇章的溫情。所以，儘管故事平凡，也能反映出生活的廣闊和多姿多彩。《大潦‧堅實的堤》善於從民間文學傳統中吸取養料，借鑒象徵主義的表現手法，從文化意蘊的角度去追求作品恒定性的審美價值。從而正確地把握了生活在太湖南岸這一社會區域裡的人的性格基因和這一基因所閃耀著的特有的民族傳統美德和崇高情操，使作品真實、感人。本文試圖從原型結構、詩化特徵、對話藝術三個方面來探討它的藝術特色和審美底蘊。

一、遠古的回聲：小說的原型結構

作者樸實的文筆沒有直接去描繪風雲際會，波瀾壯闊的抗洪場面，而是以飽滿的激情、抒情的語調，向人敘說一個在九江抗洪搶險中，光榮犧牲的烈士的遺孀曉蘭，在洪魔吞噬住宅時不願聽從亡夫生前的好友落生的勸告安全轉移，而要誓死廝守亡夫的靈魂（〈大潦〉）；某縣宣傳部長李萌在洪魔恣肆時，主動請纓，奔赴情況最危急的吳女渡，以解其二十年不解之謎，更忘不了那一段被歷史誤會了的因少年的朦朧而噴發的激情（〈堅實的堤〉）。小說情節平淡，人物單一，但因其創作中融匯著民間文學的隱形結構，特別是難題求婚型故事，使小說增添了一種橫跨時空，聯繫古今傳統的文化歷史底蘊，產生了雋永的閱讀意味，恰似口含清香濃郁的橄欖，有一種說不清道不明卻又明顯感覺得到的好滋好味。

難題求婚型故事的基本形態是美好的愛情經過三次考驗才能獲得。它的類型大致可分為三個：A、說難者為女性配偶本人；B、設難者為女性配偶之父；C、設難者為女性配偶掠奪者。〈大潦〉的隱形結構類型屬於A。落生三次劃著菱桶來到曉蘭的住宅，催促曉蘭轉移，而曉蘭則在文壯的遺像下供果點祭祀著，每次以「你是知道的，我要陪文壯」這樣的話來加以回絕。在表現形式上與民間故事的「三段式」相一致。表現了落生的善良、溫順和對美好愛情的不懈追求。同時又具有C類的某些特徵：落生喜歡曉蘭，可曉蘭崇拜軍人，嫁給了文壯，落生要得到曉蘭必須完成文壯的遺願。曉蘭一句「我要陪文壯」極其自然、平淡、真實，但它卻反映出她對文壯的一往深情和深切懷念，從一個側面謳歌了當代軍人的偉大。讀著這樣像血脈一樣滾湧流動的文字，我們的耳邊頓時響起當代軍人最愛唱的那首歌——〈說句心裡話〉。小說結構採取民間故事一人一事單線發展的結構形式，頭緒單一，主幹突出，敘述連貫。單線發展的故事本來容易顯得單調，但作者巧妙地用單一線索把情節貫串起來，將豐富多彩的生活內容概括在單線嚴謹的結構形式中。故事情節沿著一條線索連鎖式展開，經歷三次波折到達高潮，使小說有起有落、有鬆有緊，節奏分明，表現出和民間詩歌三度反覆相一致的優美節奏感。在這樣的三段反覆中，寓變化於單純，托繁富於簡約，寫出了時間的延續與主體空間的多種角度和層次，形成了一個有深層結構的境構，從而細膩地展現了主人公情感流程的變化，把男主人公的悵惘之情，女主人公若即若離的神韻表現得更加曲折、含蓄、豐富、複雜。產生了類似秋水伊人，在水一方的空朦意境。而筆意也顯得更為跳躍和跌宕，造成迴環往復，委婉動人的感人力量。盪起讀者無窮的想像，使不同讀者的心頭升起一個個疊印著讀者主體獨特感情色彩的女主人公形象，化出了與此相關聯的種種幻想。幻想中，讀者自然想起被歷代文人所吟頌的多情而寂寞、溫柔而冷豔，不停地搗煉不死之藥，以作為對丈夫唯一彌補的嫦娥形象，不由得發出回聲悠長的感歎。「嫦娥搗藥無窮已，玉女投壺未肯休」（李商隱），「孀居應寂寞，搗藥青冥愁」（陳陶），「斟酌姮娥寡，天寒耐九秋」（杜甫）。嫦娥奔月既優美動人，又悲傷淒清，嫦娥的舉動既勇敢決絕而又眷眷流連，愛者自愛，恨者自恨，憐者自憐，使神活意向變得撲朔迷離。所以在歷代文學作品中人們寧願其美麗而不願其有愛情。曉蘭的身上正暗合著這一原型意象。民間文學的隱形結構正是這樣以極強的生命力無孔不入，它不僅能夠以破碎形態與主流意識形態結合以顯形，施展其自身魅力，還能夠在主流意識形態排斥它，否定它的時候，它以自我否定的形態出現在文藝作品中，同樣施展其自身的魅力。

難題求婚型故事決不是簡單的一維構成，其間蘊含的象徵意義呈現為多元的複雜結構，在這種結構網裡，諸種象徵意義雖然不一定表現為邏輯性很強的有機聯繫，但絕對不是封閉狀態的單一存在，它們往往錯綜疊合、互相滲透，呈現為你中有我，我中有你的複雜關係。〈堅實的堤〉中的李萌年輕時插隊吳女渡，「接受貧下中農的再教育」。在一次勞動中不慎落水、為老支書的女兒美娥所救。李萌在去了一趟老支書家後便成了上門女婿。後李萌考上大學，進了縣城，美娥卻與之離了婚，給李萌一個不解之謎。李萌雖已續娶，但仍不忘美娥。當洪水淹沒吳女渡時，不顧安危，鬼使神差地前往，而美娥又一次救了他。從故事脈絡看，它屬於B類：「去了一趟老支書家，這一去便成了上門女婿。」；又屬於C類：那段特定的歷史使李萌得到了美娥又失去了美娥；也屬於A類：二十年後李萌再次踏上吳女渡大堤，美娥留給他的不解之謎不解自解，他終於找到了失落了二十年的純情。原型是人類普遍而又不斷重現的同類經驗的心裡凝結物，而難題求婚型故事作為一種重要的文化原型，潛藏在當代文化的底層中。當代文化不是獨創的文化現象，它頑固地保存著傳統文化的血緣，這是它富有生命力的一種表現。實際上，當代人們時時處在困惑之中，這種困惑產生於人們在生活中面臨著的各種各樣的難題，〈堅實的堤〉正是通過這一隱喻，藝術地反映了人們心靈的種種困惑。在揭開美娥主動要求離婚的秘密時，也向人展示了那段不能忘懷的歷史，在讚頌人性美的同時也傾吐了這一代人的內心苦楚。小說中吳王嫁女這一原型意象又為母題增添了新的內涵和豐沛資訊，使小說的容量和藝術涵蓋面更向深廣發展，更向精神境界的深層次突進，入乎情，合乎理。形成了新的審美張力。吳王為了平息這裡的水患，用女兒取悅於龍太子，水患平了，美麗的公主卻再也不能回家了。吳王嫁女的傳說把宏揚生命的希望寄託在英雄人物身上，對英雄的死賦予浪漫主義的崇高解釋，讓死去英雄的生命熱血以超越個體的恢宏在人間灑落，吐露出一種壯麗的景觀，激勵活著的人們以充分的自信繼續與所有壓迫生命的力量作鬥爭。美娥在崇拜英雄的年代裡成長，又在老支書的培養下，成了一名堅強的支書，她為確保一方平安，誓死堅守著吳女渡大堤，也廝守著她與李萌在那個年代的一段生死之情。這裡，吳王與老支書，吳女與美娥，吳王嫁女與吳女渡的抗洪三組意象符號奇妙地重疊、組合在了一起，傳達出一種生活的資訊，提供一種精神的能。正是這種能，使一般的內容大放異彩，產生閱讀意味。因為「藝術家捕捉到這一意象，他在從無意識深處提取它的同時，使它與我們意識中的種種價值發生關係。」[i] 這樣的小說不是現實的摹寫，而是心靈的表現，是充分個性化、生命化的。

i 榮格：《心理學與文學》，馮川譯，三聯書店，一九八七年，一二二頁。

二、境生於象外：小說的詩化特徵

原型作為一套秘傳的符號，體現著文學傳統的力量，把孤立的作品，跨時空地聯結起來，如生物成長中綿延不絕的遺傳基因，在不同時代不同作家的作品中反覆出現，並具約定性的語義聯想。意象原型是意象文化心理的核心，往往成為人們的心理內容與判斷事物的標準，成為個人潛意識和集體潛意識、社會潛意識，使人們有時不用理性思維去分析判斷事物，而是用具有濃厚感情色彩的意象去比類事物。誠如艾恩斯特·納蓋爾所說：「一個符號，可以是任意一種偶然生成的事物（一般都是以語言形態出現的事物），即一種可以通過某種不言而喻的或約定俗成的傳統，或通過某種語言的法則去標示某種與它不同的另外的事物的事物。」[ii] 在〈大潦〉中，這種充滿詩意的符號猶如經絡的穴位，遍佈全身。它們既連成網路，又各就各位，不乏寓意，「借有形寓無形，借有限表無限，借剎那抓住永恆。」「正如一個蓓蕾蓄著炫熳芳菲的春信，一張落葉預奏那彌天漫地的秋聲一樣。」[iii] 小說開頭寫落生劃著菱桶去曉蘭的住宅。「菱桶裡積起沒踝的水，兩條胖頭鰱歡歡地翕動腮翼，翹躍尾鰭；幾把蔬菜蔫蔫地飄浮著青葉。落生大聲喊著曉蘭，用力朝門裡

---

ii 轉引自蘇珊·朗格：《藝術問題》，中譯本，中國社會科學出版社，一九八三年，一二五頁。

iii 梁宗岱：《詩與真·詩與真二集》，六九～七一頁。

撐去。」菱桶這一物化了的民俗意象物不難鉤起讀者「江南可採蓮，蓮葉何田田！魚戲蓮葉間：魚戲蓮葉東，魚戲蓮葉西，魚戲蓮葉南，魚戲蓮葉北」的聯想。魚是古代男女相愛用以稱對方的象徵。蓮與魚的組合在民間的象徵指代便是男歡女愛。人們在習慣上也將夫妻和好稱為魚水合歡。從這意象我們窺見了男主人公一心嚮往、追求曉蘭的心態和對曉蘭的愛憐。蔫蔫的青菜又使人聯想到曉蘭的痛失丈夫，形容憔悴。這「蔫」來自於洪水（曉蘭的丈夫在抗洪中犧牲），也來自於她的自卑（她自認已是殘枝敗葉，不值得落生珍貴），而落生一心想用自己的愛心去舔平她那流血的創口。這段寫景狀物充分顯示了落生的心靈美，也為下文的情節展開打下了伏筆。而隨著情節的進一步展開，上述的意象又一一活了起來，與小說情節組成一個不可分割的整體，放射出無窮無盡的意味，充滿了藝術魅力。真可謂「一穴得氣，全絡貫通」。魚的歡快與曉蘭的神情恍惚，拒絕落生；曉蘭的充滿性感、青春活力與蔫蔫的青菜又形成類比，恰當好處地揭示了男女主人公各自不同的個性氣質和心態、情緒。落生劃著菱桶用力朝門裡撐去，正好動態地反映了他對曉蘭的拼命追求。而洪水的一步步高漲與女主人公情感的一次次上揚又烘托出女主人公對文壯「水漲船高岸不離」的依戀之情。小說結尾的「落生劃著菱桶，緊隨著曉蘭的皮艇，看著她烏黑的頭髮在日光裡亮著金色的螢光。文壯的遺像靜靜地躺在落生身邊……」則意味著文壯的戰友接過文壯的擔子，去完成他未竟的事業；落生與曉蘭開始了新的充滿陽光的生活，文壯因之而可以含笑九泉了。

〈堅實的堤〉以李萌的夢境開篇。「李萌頂著浪朝前游去。突然，一個浪頭劈頭蓋腦打來，頓時眼前發黑，身子下沉。」夢是一種心理活動，是現實生活經過心靈折射的一種曲折或變形的反映。李萌的夢為我們揭示他的內心世界、思想感情開啟了窗戶。這個夢至少有三層意思：一是李萌潛意識的釋放。李萌在吳女渡插隊時曾不慎為急流沖走，幸虧美娥所救。這夢也許是大腦對這一事件的深刻記憶；二是大雨連旬，洪水兇猛，吳女渡溪水湍急，李萌心繫美娥安危致夢；三是假如夢境真的是對現實生活的警示，那麼，它預示著李萌的再次溺水。除此而外，還不無象徵意味，他表明李萌對美娥的思念、牽掛之情在內心洶湧澎湃，也反映出他內心的矛盾和沒底：畢竟家有嬌妻，且與美娥分別二十年，誰保沒有變故？同時也顯示出他決心衝破阻力，戰勝自我的勇氣。也為下文李萌的主動奔赴吳女渡搶險夯下了第一塊基石。車上堤塘，滾滾黃水已將田疇廢為汪洋，李萌本已惶惶的心緊收了許多，身子不由顫動了幾下，真實地表現了李萌對美娥的真摯感情，也證明美娥在李萌心中仍佔據著重要位子。這也是他不時反思自己是否做了負心漢的原因之一。真可謂「此情可待成追憶？只是當時已惘然。」（李商隱）。這一筆又為他的急急尋找美娥起了推波助瀾作用。顯然，〈堅實的堤〉是一篇以情生文，以情動人的詩化小說，作者的藝術追求——有意識地像寫唐人絕句那樣來寫他的小說，重簡約、含蓄、淡雅，還特別講究留有空白。「美娥是苕溪吳女渡口的浪裡白條。一根竹篙一枝櫓，把渡船搖得快如風慢似雲。嬌巧健壯的身影常常踏了歌聲在碧水柔若緞的苕溪上來回穿梭。李萌和一夥知青喊一聲：『過港嘍！』柳蔭裡便蕩出一艘輕舟，牽出夜鶯般的歌喉：楊柳青青溪水平，有口無心唱歌聲；東邊日出西邊雨，道是無晴也有晴……」這一切都散發著一種飄逸的靈氣，充滿詩情畫意。但作者並不見好就收，而是進一步深化，在李萌重返吳女渡時又有了這樣一段描寫：「李萌走上堤塘時，雨意外地止了。一會兒功夫，烏雲漸漸散開，耀眼的日光從雲縫裡射下來，將溪灣漾照出一片粼粼金光。雲縫越開越大，燦爛的陽光暖烘烘地傾撒下來，照亮這滾滾黃水和滿目瘡痍。堤下的村莊，如大洋中的浮島，漂浮在天、水之光裡。」這段描寫與上文形成顯明的對照。昔日的吳女渡柔美祥和，眼前的吳女渡悲壯淒涼。昔日恬靜的美被一種不可抗拒、逆轉的力量所破壞，這不很像李萌與美娥的那段情、那段生活嗎？李萌的內心豈不也「滿目瘡痍」？無怪李萌心頭掠過一陣悵悵的感覺。在這裡，李萌的愁悵與災情形成「異質同構」，表露出李萌即將與美娥久別重逢時的說不清，理還亂的感覺。起到了詩情與哲理統一的象徵效果：壯美來自於痛苦。找回自我，找回已失去的純真，找回已失去的愛需要付出沉重的代價。作者正是這樣在情節結構和環境描寫中尋覓和創造詩的意境，並通過對特定意境的開拓來呈現人物形象的心理色彩和性格。這一敘述思維機制有效地增強了生活場景描寫的真實感，詩化人物形象的藝術美感，同時也充分表達了被生活感受而激起的主觀情愫。同時，作者以「堤」這一物象加以引伸，融進了人生哲理的深邃寓意，把「堤」象徵為通向明天、聯繫過去和未來的生活之堤。從而使小說趨於詩化，使置身在這一特定意境中的主人公的動舉有了新的詩情，人物有了相應的思想深度，形象美感也有了內含力。這條大堤還是李萌通向美娥及吳女渡群眾的心靈之堤，它之所以堅實是因為有著深厚的感情基礎，這感情又經歷過血與火的考驗。

三、聲勢出口心：小說的對話藝術

《大潦．堅實的堤》的語言頗見特色，其中的人物對白採用吳語方言，顯得直白、簡潔、明快，真實地傳達出了人物的思想感情和內心世界。

李萌見到老支書時的一句「美娥好嗎？」說明此時李萌的一顆眷眷之心懸在了嗓眼。見到美娥時輕喚一聲：「美娥，我是李萌」，感情的閘門頓時打開，積蓄已久的沸騰激情噴湧而出。足見李萌對美娥的感情是多麼地熾熱。與之形成落差的是美娥的柔情似水，深藏不露。闊別二十年，音容兩渺茫，第一眼見到她，先是一愣，繼而又急忙用手勢止住李萌的話。多麼地傳神！闊別已久，突然重逢，難免一驚一愣一喜。這分明是「兩情若是長久時，又豈在朝朝暮暮！」（秦觀），一切盡在不言中的真情寫照，不由人想起兩句民歌：「蓮蓬結子在心裡」，「蠶繭收口話在心」。她心裡說：「他是李萌，頭髮也花白了。多狠心呀，二十年了，勿來一趟看……」說的是李萌，出的卻是自己的「一寸相思一寸灰」（李商隱）。而她在急流中用腿抵住李萌，使他不致於下滑，在李萌被急流沖走的情況下，置自己生死於不顧，一個猛子鑽進水裡，將他救起，這正是對李萌這種愛的強大力量的放射與沖騰。這就是水鄉女子的感情特徵：堅貞、純潔、多情。她們把愛與痛深埋在心底而照耀你笑容的璀璨。在她們身上，我們確確實實體會到了愛是一種奉獻，愛是一種陽光雨露。兩種感情一強一弱，在讀者心中猶其在李萌這一代人的心中引起共鳴。聯繫小說上文，美娥因救李萌而萬不得已採用人工呼吸，認為這就是男女接吻而羞得幾天不敢露面，以及她的嫌游泳運動員穿得太裸而逃離，我們就可以從她這一簡單的舉動中看到了她囿於傳統的一面。一聲「李部長」，在表示對李萌的尊敬的同時，也不無透露出平民的自卑意識。她與李萌的離婚，一方面果是源於當時她的「一顆紅心，戰天鬥地」，也不排斥當時城鄉差別投射給她的陰影。

落生三次勸曉蘭，曉蘭分別以「我要陪文壯」、「我心裡過不去這個戶檻」、「我要跟他去麼」這三句話來回絕，曉蘭對文壯的愛到不能愛，聚到終須散的情感一覽無餘。小說採用民間故事的直白特點，將曉蘭極其自然、平常的話，經過三次反覆敘說，不斷加重份量，淋漓地表現了她與文壯的忠貞愛情，也隱約透露出曉蘭思想觀念的某種局限。諸如貞操觀：「我已是殘花敗柳，不值得你珍貴」；從一而終觀：「我是要陪文壯的」。而一句「我心裡過不去這個戶檻」又道出人們歧視寡婦再嫁的世俗偏見和曉蘭對此的不無擔心。此外，我們還看到了她的迷信：落生要摘下文壯的遺像準備轉移，曉蘭搖搖頭說：「落生你別動，文壯的魂在下面，身子哪好離開！」可見，「語言不像石頭一樣僅僅是惰性的東西，而是人的創造物，故帶有某一語種的文化傳統。」[iv] 曉蘭的上述諸種思想觀念與生於斯長於斯的地理環境及歷史文化積澱有關。太湖係三吳腹地，歷史上一度為楚，「信巫鬼」[v]、「尚好祀」[vi]，三教九流競相至此活動，當地很多風俗受儒家禮教的影響。孝則善事父母，悌則順從兄長，從縱橫兩個方面維繫家庭、宗教的秩序，達到「齊家」之目的。冠、婚、葬、祭，乃至歲時節令的某些風俗，都是為了維繫家庭、姻親和宗族血緣紐帶的。曉蘭難免不受其浸染。小說為了加強表述力度，完整地傳達出人物神韻，在對話描寫上還採用了人物視點的交叉移位，使讀者不僅可以窺測到主體感情的起伏，情緒的波動，而且還捕捉到男女主人公靈魂的折光，脈搏的跳動。如寫落生第三次勸曉蘭。開始，兩人的視點疊合在一起；接著，經過交叉移位，兩個視點均向自己一方分離開來，同時又各自以對方為審視對象；經過直覺映象，內心感應，審美判斷，感情的對象化，從

iv 韋勒克、沃倫：《文學理論》，三聯書店，一九八四年，十頁。
v 《漢書・地理誌》。
vi 《通典》。

而又一次重新組合起來了。這種合中有分、分中有合，形成了一組雙聲部對位圓形連環體，把心靈世界的微妙波動，通過人物視點這面藝術分光鏡，層次井然地顯示了出來。

方言的運用一方面確實能傳達出人物的真實情感和思想風貌，給人以可親可信之感，使人物形象也更趨豐滿。但我們也不能忽視了它的負面影響，猶其是一些帶有某種特定民俗意象色彩的詞，比如「戶檻」，我就不由得想起了魯迅小說〈祝福〉中的祥林嫂捐戶檻。這對作品主題有害無益。當然，讀者中像我這樣神經過敏的可能沒有，但我還是覺得少用為妙。

釀小說18 PG0948

你不可以做官
——嵇發根短篇小說選

作　　者　嵇發根
主　　編　蔡登山
責任編輯　陳彥廷
圖文排版　張慧雯
封面設計　王嵩賀

出版策劃　釀出版
製作發行　秀威資訊科技股份有限公司
114 台北市內湖區瑞光路76巷65號1樓
電話：+886-2-2796-3638　傳真：+886-2-2796-1377
服務信箱：service@showwe.com.tw
http://www.showwe.com.tw
郵政劃撥　19563868　戶名：秀威資訊科技股份有限公司
展售門市　國家書店【松江門市】
104 台北市中山區松江路209號1樓
電話：+886-2-2518-0207　傳真：+886-2-2518-0778
網路訂購　秀威網路書店：http://www.bodbooks.com.tw
國家網路書店：http://www.govbooks.com.tw
法律顧問　毛國樑　律師
總 經 銷　聯合發行股份有限公司
231新北市新店區寶橋路235巷6弄6號4F
電話：+886-2-2917-8022　傳真：+886-2-2915-6275

出版日期　2013年4月　BOD一版
定　　價　280元

Printed in Taiwan

國家圖書館出版品預行編目

你不可以做官：秫發根短篇小說選 / 秫發根著. -- 一版. -
- 臺北市：釀出版, 2013.04
面； 公分
BOD版
ISBN 978-986-5871-27-7 (平裝)

857.63　　102003829

讀者回函卡

感謝您購買本書，為提升服務品質，請填妥以下資料，將讀者回函卡直接寄回或傳真本公司，收到您的寶貴意見後，我們會收藏記錄及檢討，謝謝！
如您需要了解本公司最新出版書目、購書優惠或企劃活動，歡迎您上網查詢或下載相關資料：http:// www.showwe.com.tw

您購買的書名：____________________

出生日期：________年________月________日

學歷：□高中（含）以下　□大專　□研究所（含）以上

職業：□製造業　□金融業　□資訊業　□軍警　□傳播業　□自由業
□服務業　□公務員　□教職　□學生　□家管　□其它____

購書地點：□網路書店　□實體書店　□書展　□郵購　□贈閱　□其他

您從何得知本書的消息？
□網路書店　□實體書店　□網路搜尋　□電子報　□書訊　□雜誌
□傳播媒體　□親友推薦　□網站推薦　□部落格　□其他________

您對本書的評價：（請填代號　1.非常滿意　2.滿意　3.尚可　4.再改進）
封面設計____　版面編排____　內容____　文／譯筆____　價格____

讀完書後您覺得：
□很有收穫　□有收穫　□收穫不多　□沒收穫

對我們的建議：____________________

____

____

____

請貼
郵票

11466
台北市內湖區瑞光路 76 巷 65 號 1 樓
秀威資訊科技股份有限公司 收
BOD 數位出版事業部

（請沿線對折寄回，謝謝！）

姓　　名：＿＿＿＿＿＿＿＿　年齡：＿＿＿＿　性別：□女　□男

郵遞區號：□□□□□

地　　址：＿＿＿＿＿＿＿＿＿＿＿＿＿＿＿＿

聯絡電話：（日）＿＿＿＿＿＿＿＿（夜）＿＿＿＿＿＿＿＿

E-mail：＿＿＿＿＿＿＿＿＿＿＿＿＿＿＿＿